在妙不可言中，
等待哪一种未来

杨杨　主编

化学工业出版社
·北京·

那些看上去光鲜的人背后一定经历过万千烦恼，没有谁的成功是一蹴而就的，你受的委屈、摔的伤痕、遭遇的冷眼，别人都有过，他们身上有光，正是因为扛下了黑暗。

这个世界上值得热爱的东西太多，等我们发现这一点，就不会畏惧痛苦和失去。别害怕孤单，你要学会，对热爱的东西不遗余力。

生活给了一个人多少磨难，日后必会还给他多少幸运。为梦想颠簸的人有很多，不差你一个，但如果坚持到最后，你就成了英雄。

有很多事情都让人只有三分钟热情保持，而爱情，却是每个人都希望从一而终地坚持，无一例外。

每天多一点点的努力，不为别的，只为了日后能够多一些选择。按你所想的去生活，否则，你迟早会按你生活的去想。

那些难以言说的，那些无处求助的，那些深埋心底的，那些所有以沉默和微笑一笔带过的内心翻涌，挺过去，哪怕没有光芒，也会化成你的铠甲。

长大，是你乘坐的这班列车有人前来，有人离开，最后，车厢只剩自己。长大像一阵风，刮走你的曾经，却也带来新的体验。不要惧怕长大，要迎接生活送你的一切，包括爱恨别离，以及送你回家的末班车。

前言

FOREWORD

请你成为自己的英雄。

现在二十几岁的你，终于来到了以前无限憧憬过的年纪。

然而，慢慢地你发现，总是有大大小小的烦恼奔涌过来，青春、梦想、事业、友情、爱情、孤独……因为所有人都一样，都在尝试着，想要开辟一条自己真正喜欢的路。

慢慢地你发现，身边已经开始有人订婚，有人结婚，也有人出国；有人生活顺利，有人坚持梦想，也有人碌碌无为。

生活就像是来到了一个分水岭，你依然年轻，但却也不得不搭上了青春的末班车；你曾经在某一瞬间以为自己长大了，但是有一天终于发现，长大的含义除了欲望，还有勇气、责任、坚强，以及某种必须做出的选择和牺牲。

这真的是一个十分尴尬的年纪：想要依赖自己，却发现自己似乎还靠不住；安慰自己还小，却发现身边已有朋友风生水起，一切都渐渐有了眉目；想要依靠自己生活，想要做真实的自己，却发现这其实远比想象的困难得多。

其实，二十到三十岁也许是人生最艰苦的一段岁月，肩上要扛起越来越大的责任，要艰难地平衡事业和感情，不知如何去建立人脉。在这个最容易迷茫的年纪里，好像一切都不那么尽如人意，但你总得撑下去，不能因为哪一次挫败，就迷失了最初想要抵达的远方。否则，只怕将来有一天你会懊悔遗恨，因为那样的自己既配不上当初的野心，也辜负了所受过的苦难。

我们总以为一辈子还很长，事实上，时间最无情，它不会让谁永远年轻，它才不在乎你是否愿意，你只要稍一耽搁、稍一犹豫，它就可以立刻帮你决定故事的结局。它真的会把你欠下的对不起，变成还不起，又会把很多还不起，变成来不及。

慢慢地，你甚至会觉得，这世界竟然会如此残酷。

慢慢地，你也会知道，在人的生命里，有一门必修的功课就叫“接受”，接受自己的出身、相貌、天分、老去，接受亲人的离开，接受你喜欢的人无论如何也不可能喜欢你，以及，接受当初曾那么相互喜欢过的人，无论如何也不能在一起。

或许，无论到了多大年岁，在每一次的“接受”面前，我们可能依旧像个爱哭的孩子，但区别就在于，长大、成熟起来的你，会对自己说“接受，是变好的开始”；长大、成熟起来的你，肯去相信，当真正越过山丘、跨过低谷，就会发现，对面并不会真的无人等候，最起码，你会遇见那个翻越了的、抵达了的自己。而那样的你，就会有着你曾期待过的光芒万丈。

其实，人生的路，只要还在往前走，你就还是会不断地遇见一些人，也会不停地和一些人说再见，从陌生到熟悉，从熟悉再回到陌生，从意气相投到分道扬镳，从相见恨晚到不如不见……不是每个人都会成为你的伙伴，也不是每个朋友都能肝胆相照。

可成长不就是这样，痛并快乐着。你得接受这个世界带给你的所有伤害，然后，无所畏惧地长大。

未来的你，一定要成为自己的英雄。

目 CONTENTS 录

卷一 成长——笼子里的鸟，以为飞翔是一种病

时光是一条一直向前的路，你向前一步，它就延伸一步，从不超越你，也不丢下你。对未知的道路失去勇气，才是青春真正的坟墓。

卷二 勇气——原来你早就知道，这世界并不完美

只有从害怕一个人吃饭、一个人奔波，到习惯一个人面对各种波折，才能明白孤独到底是什么。它是你的一部分，它是天使，也是魔鬼，它能让你万劫不复，也能让你变得更好，而你只有面对它。

卷 三 爱情——谁，仍在你心里 谁，尚在你身边

离开的，都是该离开的人；走散的，都是需走散的人。注定在一起的，哪怕千回百转，艰难险阻，还是会走进你心里，尚在你身旁。

1000
POLAROID LAND CAMERA

卷一

成长

笼子里的鸟，

以为飞翔是一种病

时光是一条一直向前的路，
你向前一步，它就延伸一步，
从不超越你，也不丢下你。
对未知的道路失去勇气，
才是青春真正的坟墓。

写给自己的第一封情书

愿你长大

在某个瞬间回眸，你一定会惊觉，
长大如期而至，青春已然在某个瞬间悄然不见。
可是，你看，天空依然有鸟飞过，
所有的事情，终究未完待续。

亲爱的自己，一个人在二十岁左右的时候，手里除了仅剩不多的青春以外，似乎什么都没有，但正是你手头为数不多的青春，却能决定你变成一个怎样的人。

所以，请每天给自己一个不赖床的理由。记住，懒人是永远都过不好生活的，这在任何时候都是一条绝对的真理。

亲爱的自己，如果可以，请保持住阅读的习惯，你无法亲自体验一千种生活，但书却可以给你展示成千上万种人生，以及成千上万公里以外的世界。其实，每个人都是一本书，你读别人，

人最好的状态是懂得尊重，不管他人闲事，也不晒自己优越，更不秀恩爱。越成长就越懂得内敛自持，因为这世界并非你一人存在。

有的人，是让你看见更大的世界的；有的人，是只适合碰杯、玩闹、无聊消遣的；有的人，是用来说再见的；而有的人，是让你知道谁能在雨天陪你共撑一把伞的。

别人也在读你；你读别人，更要读读自己。

亲爱的自己，如果可以，学会几道拿得出手的菜。一个愿意用好吃的食物填满自己无聊情绪的人，也一定可以用食物给别人带去满足感。

亲爱的自己，如果可以，请你坚持写下一点儿文字。周遭的生活会充满太多的杂音，而一个人最难得的，是要懂得静下心来，沉淀自己，听听自己的声音，了解自己最内在的想法。

亲爱的自己，如果可以，请你相信因果。这世间，总会有被偷走的爱人，会有被盗走的钱财，也会有莫须有的功名，所以，请你得之淡然，失之坦然。

亲爱的自己，如果可以，请你用心维护好一个你最珍惜的圈子，这个圈子绝不需要有多大，它只有你最信任的家人和朋友，在你最孤立无助的时候，在你最需要安慰的时候，它总会给你一个出口。

亲爱的自己，如果可以，请善待自己。一个连自己都不爱的人，又能指望谁来爱你？所以，请你永远将自己能够付出的爱留下一分，用来爱自己。

亲爱的自己，不要害怕尝试去做一些能力之外的事情，那样你才能真正长大。也许有一天，你发觉日子特别的艰难，那可能是因为这段日子过后你的收获巨大。

亲爱的自己，任何时候，请别去抱怨，生活本身并无对错。世上没有人不希望自己心想事成、万事如意，但是生活也绝不单纯是你所设想的那样。无论身处顺境还是逆境，都请你安心于每个不管是晴朗还是阴霾的清晨，去做一朵会微笑的花。

记得，现在的你，正处在人生最美好的年纪，所有的事情都未知，不要急于得到，又急于安定。

亲爱的自己，在某个瞬间回眸，你一定会惊觉，长大如期而至，青春已然在某个瞬间悄然不见。可是，你看，天空依然有鸟飞过，所有的事情，终究未完待续。（佚名）

一个人在二十岁出头的时候，除了仅剩不多的青春以外，或许什么都没有，但是你手头为数不多的青春却能决定你变成一个什么样的人。

你可以羡慕别人，可以抱怨，甚至大哭一场。你没那么坚强，怎样任性都好，但一定要及时清醒，要学会自我充足，永远走在更好的路上。

成熟的模样

没有人，一定会在雨夜接你；没有人，一定会读懂你的心。
所以，到任何时候，都不要把活得更好的希望，
寄托在别人的给予和帮助之上，而要让自己成为自己的依靠。

到底何为成熟?

如果你越来越冷漠，你以为你长大了，成熟了，但其实没有。长大，应该是变温柔，对全世界温柔；成熟，应该是对很多事物都能放下，都能慈悲，愿以善眼观望世界。

一个人的成熟与否，不是能说出多少深刻的道理，或者是思想境界有多大提升。而是待人接物让人舒适，并且不卑不亢。不是你能用很多大道理去开导别人，而是你能说服自己去理解身边的人和事。

所谓的成熟，是渐渐意识到，百分之九十九发生在自己身上

的事情，对于别人来说都是毫无意义的。

成熟，是你能控制自己的眼泪，很少再把自己感动哭；是你出远门总会记得带伞，很少再把自己淋湿；是你学会善待自己，照顾好自己。你逐渐成为独立的个体，而不是将生活侥幸地寄托于外在的一切。

成熟，是能够自控，知道自己需要什么，可以一直努力追求；知道自己不要什么，不管面对多大的诱惑。不会把头扬得很高，也不会让自己的眼睛盯别人的脚。

成熟，是你已经明白，人生和自我都不是用来战胜的，而是用来相处的。生命中有些东西虽然并不合理，但你必须接纳；有些东西并不牢固，但你必须依靠。

成熟，是你越来越能接受现实，而不是变得越来越现实。你会争取，但不会强求，知道什么时候该努力，什么时候该放手，能够为自己的一切行为买单，更知道如何保护自己，如何疗愈。

一个成熟的人往往会发觉，可以责怪的人越来越少，人人都自有难处。所以，学会了不去无谓地辩论，学会了为了维系关系而让步。可以独自一个人承受一些事，一个人守住一些秘密。

成熟，是有能力爱自己，有余力爱别人，而所谓的情感也并不是你人生的全部内容。任何时候，不要失去自我，也不要让对方失去了自我。尊重对方，让彼此都能保持自己的个性。

成熟，是可以在真诚自省后说出“对不起”，也可以在认真权衡后说出“没关系”，坦诚，真挚。无论在什么样的环境里，都不会舍弃温柔。

成熟，是尊重感情，允许自己对过去有所留恋，但更知道向前看，确保自己胸腔之中，安放着一颗健康纯净、活力跳动的心。

是不是成熟的情感就没有争吵？是不是成熟的人就永远不会不开心？当然都不是。

成熟，不是一些不好的、糟糕的事情都不会发生，而是在这些事情发生以后，人会想方设法去解决问题。女生不会把自己想的东西憋在心里等男生来猜，男生不会不考虑女生的感受，为了图一时的痛快，就让伤人的话脱口而出。

成熟，是允许自己也允许对方有做不到的事，吵架的时候会知道，有的话其实是情绪使然，不必抓着某些细节念念不忘、耿耿于怀。

没有人，一定会在雨夜接你；没有人，一定会读懂你的心。所以，到任何时候，都不要把活得更好的希望，寄托在别人的给予和帮助之上，而要让自己成为自己的依靠。（佚名）

你是否愿意凑合着过完这一生

千万不要误解“随遇而安”这个词语，
它与“随波逐流”完全不是一个概念，
前者是经历过繁花盛开，看清看透之后澄明的豁达，
后者却是在该努力的时候放弃，
该跑步的时候漫步，惧怕直面现实的逃避。

当女人还是女孩的时候，往往不太明白，自己的一生其实只是由几个关键环节组成——亲情、学业、职业、爱情、婚姻、子女、朋友、伙伴，那些貌似漫长的时光，都在为这些要素积聚能量。

你在不该凑合的事情上凑合了，未来也就只能凑合了；你在核心环节上认怂了，人生也就真的认怂了。

谁都有迷茫无措，甚至被生活的巴掌扇晕的时候，其实，你和困难在赌一口气，你的气势强过它，它就被你踩在脚下；你被它的气势压倒了，想凑合了，就永远都被它踩在脚下，被它治得服服帖帖，直到成为面目模糊的中年人，最终，变成目光浑浊的

老年人，精气神被那些或许只是阶段性的挫败磨损殆尽。

“凑合”是件特别容易的事，尤其对女人，本来骨子里的果敢就不多，“凑合”更成了一张温床，好像下雨天窝在家里，外面有风有雨有乌云，屋里温软可人，多好。可是，风雨总会停，门外还有阳光、蓝天和广阔的世界，凑合惯了，你便惰性得再也不想多行一步路、多看一片风景了。

我们身边有多少“凑合女生”？

她们对职业凑合，永远当个好好姑娘，做着马马虎虎的工作，十年八年后，可能依旧不过是个熟练的新人，很难顺着螺旋形的阶梯，走到梦想的地位。

她们对爱情凑合，找个不咸不淡的人结婚、生子，老了才发现，最可怕的不是孤独终老，而是和让你感到孤独的人一起终老。

她们对友情凑合，身边或许闹哄哄地围了一圈人，一旦有心里话、要紧事，却找不到可商量的贴心伙伴，都是似近非远的熟人，难有知情达意的朋友。

她们对亲情凑合，懒洋洋，寡淡淡，终有一天，子欲养而亲不在，心里的后悔在某个被欺负而无人诉苦的晚上蔓延……

无论男人还是女人，总要对自己人、自己事、自己物尽心尽力之后，才体味得到满足、愉悦和收获。凑合，实际上是个不断放低底线、容忍人生不停下滑与坠落的过程，而你，知道它的终点在哪里吗?

生命个体的生存目标各不相同，我对宁静致远、淡泊明志的人一直心怀敬意，可他们绝对不是凑合着，依靠不停降低的要求生活。恰恰相反，他们对世俗的喧嚣与应酬坚决不苟同，这份活在热闹当下却保持内心安宁的难得态度，更需要毅力与勇气。

千万不要误解“随遇而安”这个词语，它与“随波逐流”完全不是一个概念，前者是经历过繁花盛开，看清看透之后澄明的豁达，后者却是在该努力的时候放弃，该跑步的时候漫步，惧怕直面现实的逃避。

随遇而安是适应，随波逐流是妥协，也是为“凑合”找的一个还算好听的借口。

从一个较长时段来看，岁月像一条波浪线，起起伏伏，高高低低，高峰时期春风得意马蹄疾不难，难的是谷底时分，依旧愿意抬头向上，努力仰望、攀爬、不凑合，在关键环节不放弃，永不错失攀上高峰的机会。即便在最黯淡的生活里，也始终保持着明媚的积极；即便在最有理由“凑合”的时候，也坚决不“凑合”。

“欲达高峰，必忍其痛；欲予动容，必入其中；欲安思命，必避其凶；欲情难纵，必舍其空；欲心若怡，必展其宏；欲想成功，必有其梦；欲戴王冠，必承其重。”

亲爱的姑娘，这是我特别喜欢的一句话，与你共勉。（李筱懿）

比你努力的人生，究竟长什么样

其实啊，到了一定阶段就会明白，
这世界根本就没什么大道理可讲，
所谓的好命和好运气，
其实无非都是自己付出，自己收获。

小君，目前在一家省级电视台当外派记者兼资深编辑。

巴西里约奥运会的时候，小君飞里约出差。在去的路上发生了一件事，对小君的触动很大，噢，不，是特别大。

当时她是从上海浦东机场起飞，中间经停巴黎戴高乐，再到里约，这一路上得折腾三十来个小时。在小君旁边，坐着一个看似与她年纪相仿的女孩，小君一开始找座位的时候和她礼貌地打了一声招呼，女孩也很礼貌地回应了。

在整个漫长无比的飞行过程中，小君睡睡醒醒的，剩下的时间，基本是靠一本她最近特别喜欢的心理学的书来打发的。

小君注意到，她身边的女孩几乎全程未曾休息，她总是抱着笔记本电脑在忙着写东西。好像有两次她合上电脑睡了，可时间都不长，小君隔了一会儿睁开眼睛往那边一看，果然，人家又在工作了。

后来，小君实在忍不住了，终于借着那女孩吃东西的时候和她聊了几句。

“工作很忙？我看你好像都没怎么休息。”

“嗯，临时被派的，去做一个报告，可是上飞机前出了点儿状况，对方临时告知我说主题有变动，我这边只好跟着换一个思路，趁着在路上的这段时间多准备准备。一下飞机，那边的同事也需要拿这份文案去调整和准备。”

“你经常都这么忙啊?”

“嘿嘿，也还好，还好。做设计这行的，有时候就是这样，但无论如何也不能在老外面前丢人啊。”

小君本来还以为，她们俩的对话仅限于此了。可是临到目的地之前，对方很友好地开口了：“对了，你手里的书，你觉得怎么样？我看你好像都读完了。”

“特别特别喜欢，是我的菜。我看了也有一阵子了，今天看完了。感觉有点儿像追剧，追到最后，都有点儿舍不得看完了。”

接下来，她略显腼腆地笑了笑，然后嘴里轻轻吐出五个字：

“我译的，巧吧？”

轻巧得就像在自言自语的一句话，惊讶得小君连下巴都快掉了。

大概是看小君好像还没太缓过神儿来，她又笑了：

“我是在国外上学的时候读到的原版，超级喜欢，后来就抽空干了这么件私活儿。要不然，你问我一段？或者，我给你签句话吧，嘿嘿。”

你发现了吗？人生很奇妙的一点，就是你永远都不知道，开了挂的人生，究竟长成什么样。

小君说，原本她真的以为自己在工作上已经够忙、够拼命了，但其实算不上什么。原来，那些看起来过得很牛、很酷的人，都在你看不见的地方铆足了劲努力着。

人啊，其实都挺纠结的，特别在二十几岁，是千山万水还是朝九晚五？是先成家还是先立业？是赶紧娶妻生子还是接着当个自由的单身一族？

你想给自己一个答案，但是，首先有一点你要明白，不管你走了一条怎样的路，你都不能让自己成为一个不努力的人。

一看到有人泡在咖啡店里，一边喝着咖啡，一边端着一台最新款的苹果笔记本电脑，好像是在悠闲地写稿子、看书、改文案，有人就以为人家那都是伪文艺、装格调。

可不好意思，人家真的是在办正事，而你也不会知道，按照她的日程表，忙起来的时候，一天当中可能要飞三个城市，睡眠时间加起来还不到三个小时。

其实啊，到了一定阶段就会明白，这世界根本就没什么大道理可讲，所谓的好命和好运气，其实无非都是自己付出，自己收获。

仅此而已。（佚名）

成长，
真有你想象的那样迫切吗

有时候，快，未必带来好的结果；
慢，也许并不那么糟糕。
匆忙变成大人的过程或许并不好玩，
愿你能沉淀下来，调整节奏，
享受人生每一个阶段的独特魅力。

年轻的时候，我们总想一夜成名，张爱玲说过的，“出名要趁早，来得太晚的话，快乐也不那么痛快。”这句话，不知被多少年轻人误读。

二十多岁，你迷茫又着急。你想要房子，你想要汽车，你想要旅行，你想要享受生活。你那么年轻，却觊觎整个世界，你那么浮躁，却想要看透生活。你不断催促自己赶快成长，却沉不下心来安静地读一篇文章；你一次次吹响前进的号角，却总是倒在离出发不远的地方。

成长，真有你想象的那样迫切吗？

别急，千万别急 。

上周在南京出差，深夜，拖着疲惫去跟朋友见面，畅谈至凌晨两点。回到酒店已近三点，同屋的同事竟还未睡，点根烟，对着六十五层楼下的旧都夜景发呆。他非健谈之人，光头，一副艺术家的模样，气质有天然的冷漠。之前的交往无非公事，更无多话。不知道怎么提到了年轻人的心态和选择，竟就聊起来，再也收不住。

他十八岁出来闯荡，没念过大学，今年三十八岁，是一本著名杂志的设计总监。如果这是一个老套的励志故事，我可能再无兴趣听下去。但他说，我不太知道你们这代人是怎么想的，我反感几零后、几零后的区分和标签，我跟很多自己的同龄人聊不来。人是靠价值相互认同的，而不是年龄。现在你们这代人，看上去都挺急，房子、车子、票子，但就算是你们同龄人，也不全是这么想的吧?

我点头。

他继续道，其实，每一代人都有自己的苦闷，真的，都是这么过来的。两年前我才有了自己的房子，今年儿子两岁了。我觉得一切挺好。二十五岁时我在一家体制内单位工作，已有几年工作经验，待不下去了，要走。领导和我喝酒。他一口闷了一杯酒，跟我说，你还年轻，别想那么多，别着急，做该做的事。就这一句话，我受用至今。

人年轻时难免爱玩、浮躁，总有各种诱惑扑过来。我就记着老领导这句话，其他都不想，就做自己的事，一晃眼就到现在了。你要说奋斗什么的，我似乎从来没有，就是一步步来。房子、车子这些东西，说真的，只要你踏实做该做的事，到时间都会有的，不可能没有。别去想它，别去管别人怎么做，相信自己的判断。守得住，慢慢来。

他说，守得住，慢慢来。

一个月前，我刚来，抱回家十几本往期杂志。匆匆翻完，绝望地陷进沙发里，给老师发短信。

我说：文章何时能写过四大主笔啊？差距不是一星半点儿。

他回：别急，你年轻。

我说：我已经二十四岁了，似乎看不到一点儿希望。

他回：你才二十四岁，我们最年轻的也三十出头了，别急。

他连说两次，别急。

其实，你如果把人生当成一次马拉松，那么在前一千米是否跑到了第一名，真是那么重要吗？

我们身边有很多与众不同的杰出人物——至少在世俗的意义上是这样，他们都有一个共同的特质，那就是全身心地投入。在与众不同的背后，往往是一些不足与外人道的辛苦。他们简单地长跑，简单地做一件事情。他们做事，只为意义本身，所谓的成功只是一个结果，它也许水到渠成，也许永无来日。

与众不同的东西，往往在制造的过程中是枯燥的、重复的和需要耐心的。每一件与众不同的绝世好东西，其实都是以无比寂寞的勤奋为前提的，要么是血，要么是汗，要么是大把大把的曼妙青春好时光。

李笑来在《把时间当作朋友》里写，我们总是对短期收益期望过高，却对长期收益期望过低。他指英语，也说人生。

有时候，快，未必带来好的结果；慢，也许并不那么糟糕。匆忙变成大人的过程或许并不好玩，愿你能沉淀下来，调整节奏，享受人生每一个阶段的独特魅力。（佚名）

很多事，
值得你一如既往地去相信

你必须还是要去相信，相信良善，相信温暖，
相信最末的青春还在我们手上，相信这个世界里，
美好总要多过阴暗，欢乐总要多过苦难。

我们任何人，都不可能再有一个童年；不可能再上一次初中；不可能再有一个初恋；不可能再复制从前的快乐、幸福、悲伤、痛苦。

生命，原来真的是一场无法回放的绝版电影。昨天，前一秒，通通都不可能再回去。

小学，你哭了，整个班级的老师和同学们都会围过来问你怎么了；中学，你难过，还是会有几个死党递纸巾、拍拍肩头，告诉你“你还有我们，没关系”；大学，身边同学们都忙着自己的事，或许，他们已经懒得管你怎样了；工作了，有的人只会觉得

你的演技很棒。

其实，人生走过的每一段路，风景各不相同，这段春风和畅，那段雨骤风狂。而所谓的“成长”，无非就是要逼着你，一个人去坚强地面对生活。

你还很年轻，会以为你对别人好，别人就一定对你好；以为只要努力，就一定有收获；以为只要牵手就是永远。都是因为太年轻。所以，你所有的悲伤和快乐都显得那么深刻，轻轻一碰就惊天动地，你在乎的东西，连别人碰一下都觉得是抢。

当你渐渐长大，时间让你在成长的同时看开了许多，你慢慢学会几件事情：

人生的旅程，本就是风雨兼程，失去的未必是真的失去，得到的也未必会永远拥有，没什么非你不可，也没什么不可失去。一切都在发展，一切都在变化，每个人都在不断地向昨天告别，然后，又马不停蹄地投入下一段崭新的生活。

有些人不必理会，无论他说什么、做什么，多么幼稚，又多么讨厌，可以不必太在乎，因为你们不是一类人。

有些人不必等待，其实你心里清楚得很，这个人不必再等了，只是你还放不下。

人，终归还是要慢慢成熟起来，慢慢地，一点一点地，将这个浮华的世界看得更清楚，看穿伪装的真实，也看清隐匿的虚假。于是，很多原本相信的事，便不再相信。

但是，反之亦然。你必须还是要去相信，相信良善，相信温暖，相信最末的青春还在我们手上，相信这个世界里，美好总要多过阴暗，欢乐总要多过苦难。

世上还有很多事，值得你一如既往地去相信，只有愿意相信，你才能看得见美好。（佚名）

没有谁的青春
是在红地毯上走过的

我们谁也赢不了与时间的比赛，“人生苦短”绝不是一句空话。
它就像是孩子手中的铅笔，看起来好像够长，
可是一旦用起来，便不知不觉嫌短了。

“当你不去旅行，不去冒险，不去拼一份漂亮的成绩，不过没试过的生活，整天挂着QQ，刷着微博，逛着淘宝，玩着网游。干着我八十岁都能做的事，你要青春干吗?”

你是否也曾被这句话唤醒了心底那一丝早已沉寂的上进心?

锦瑟流年，花开花落，岁月蹉跎匆匆过，而恰如同学少年，在最该学习的时候你选择恋爱，在最该吃苦的时候你选择安逸，自是年少，却韶华倾负，再无少年之时。错过了人生最为难得的吃苦经历，对生活的理解和感悟就都会浅薄。

当你看了《杜拉拉升职记》，你觉得外企真好，可以出入高

档写字楼，说着流利的英语，拿着让人眼红的薪水。当你看了《亲密敌人》，你觉得投行男好帅，开着凯迪拉克，漫步澳大利亚的海滩，随手签着上百万的合同。

但是你不知道，他所吃的苦，是要每天只睡三个小时，从N年前的数据查到现在，一点一点地做着细致无比的分析；他所吃的苦，是为了一个项目，在三天之内啃掉十几万字的材料。

如果老天善待你，给了你优越的生活，请不要收敛了自己的斗志；如果老天对你百般设障，更请不要磨灭了对自己的信心和向前奋斗的勇气。当你想要放弃了，一定要想想那些睡得比你晚、起得比你早、跑得比你卖力、天赋还比你高的牛人，他们早已在晨光中，跑向那个你永远一直在眺望的远方。

没有谁的青春是在红地毯上走过的，在你经历过风吹雨打之后，也许会伤痕累累，但是，当雨后的第一缕阳光伴着彩虹投射到你的脸庞时，你应该欣喜若狂，并不是因为阳光的温暖，而是在苦了心志、劳了筋骨、饿了体肤之后，你坦然站立在前进的路上，做着坚韧上进的自己。

其实，你现在在哪里并不是那么重要。只要你有一颗永远向上的心，你终究会找到那个属于你自己的方向。

我们谁也赢不了与时间的比赛，“人生苦短”绝不是一句空话。它就像是孩子手中的铅笔，看起来好像够长，可是一旦用起来，便不知不觉嫌短了。

所以，请不要在最能吃苦的时候选择潇洒，没有谁的青春是在红地毯上走过的，既然梦想着成为那个被别人欣赏、喜爱的人，就应该选择一条属于自己的道路，为了到达终点而付出努力。（佚名）

二十岁出头的你，是不是急着想要更多

人生有很多事情急不得，你得等它自己熟。
无论怎样，都不要总想着一步登天的成功，
任何事情都有一个过程，一步一步来比较好。

有些人拼搏了十多年甚至二十多年才能得到如今的收获，而我们，刚刚十八岁成人、二十岁出头，就非逼着自己赶紧获得三四十岁时的成功，买车买房，名利双收，和心爱的人游遍各地。为什么都那么急不可耐地想要获得一切？

在成长的路上总是难免着急，着急赚钱速度太慢，着急爱情来得太迟，着急赶快获得成功。这种心急，大抵是因为想要的太多，嫉妒别人拥有的，所以也希望自己赶紧得到，好把别人比下去。

我们总喜欢观望着别人身上的美好，而忽略了别人也羡慕我们身上所拥有的。我们总喜欢以别人的生活来给自己贴标签、下定义、附形容词，却不知道，此刻拥有的也是资本。

也许是这样的吧，很多人想要过自己喜欢的生活，在为爱情、事业、学业、梦想付出后，渴望马上收到回报，不想等太久。但是，无论做什么都得有一个过程，只是希望现在的你不要太心急，慢慢磨平着急的心。

生活中的我们总是很焦急，尤其是刚刚二十出头的年纪，更是心急火燎，害怕自己还没赚到更多的钱买房，房价又继续上涨；害怕还没摆脱目前窘迫的现状，生活又给自己泼了一瓢冷水；害怕一旦遇见了好的爱情，却因为种种原因败给现实。

于是，为了摆脱这些害怕，我们急切地催促自己赶快成功。只是，我们对年轻的自己要求得太多，想要的也太多，但这样到最后就只会把自己弄得精疲力竭。

我始终相信，努力会有收获，至于收获的价值大小，在于努力过程中如何耕耘。现在的我尽量让自己不要太着急，二十岁出头，有拼劲、有青春、有梦想，别妄想太快就能拥有太丰厚的人生经验。

人生有很多事情急不得，你得等它自己熟。无论怎样，都不要总想着一步登天的成功，任何事情都有一个过程，一步一步来比较好。

希望你能放过二十出头焦急获得成功的自己，你想要的，付出了便会有，只是时间会给你一个考验，这个考验，便是等待收获的过程。（沈善书）

没有“一下子”的奇迹

而后，挺过去的我们说不定早已忘记了当年的悲惨，
记得的，只有你在最苦的时候，才可能会吃到的最甜的西瓜，
最美味的汉堡、鸡翅和可乐。

人在最绝望的时候，感觉自己就像沙漠中一株枯萎的小草，上天并没有给我们及时雨，反而是给我们晴天万里，烈日当空。

周围的世界也是，那些电影中陡然峰回路转的桥段，其实根本难以在现实中出现，除了咬紧牙关挺过去，你别无选择。

所以有人会说：“既然无路可逃，那就一起死磕到底。”似乎的确这样。

我们要面对的苦难和挫折，不会因为我们遭遇得多而减少，上天不会因为你如何悲惨而去悯怜你，它还是会安排一道又一道难关，来磨炼你的意志，而你除了继续死磕到底，根本没有其他

退路。

这个世界不会因为你有多惨，就一下子对你有多好。

人在困境中最期待的就是瞬间逆转，需要“天外之物”解决燃眉之急。而后，挺过去的我们说不定早已忘记了当年的悲惨，记得的，只有你在最苦的时候，才可能会吃到的最甜的西瓜，最美味的汉堡、鸡翅和可乐。那时候，苦难中的一切都会被衬托得无限美好，想忘也忘不了。

既然没有“一下子”的奇迹，那就打破你自己的纪录，不断刷新自己与苦难的交锋次数，抗争到底。其实，后来你会发现，正因为自己的一点点坚持，挺过去了，便成就了自我，局势就会另有不同。

如果这世界上真有奇迹，那只是“努力”的另一个名字。我们的世界都不是别人笔下那宏大的故事，不会真的有一个超级英雄来终结一切，拯救世界，到最后，能够一次次拯救你的，永远只有你自己。当你努力克服一切困难的时候，各种机会都会像刚睡醒了一样，排着队来找你。

其实，绝处逢生的喜悦，大难不死的庆幸，都不是你所想象的“人品守恒”。在这个世界面前，生活是无比具体而烦琐的藤蔓，你只有从中体会到酸甜苦辣，才能知道它最后的余味。

梦想这个东西，越是放在心中越重，越是离现实越远。不要等着天上掉馅饼，也不要奢望上天对你的同情。唯有去努力，才有可能看见一片新的天空。有结果的努力是锻炼，没有结果的努力是磨炼，不管怎样，每一种际遇都是你生命中不可或缺的元素。

我想，一个人最好的样子就是平静一点儿，哪怕一个人生活，穿越一座又一座城市，走过一条又一条街道，仰望一片又一片天空，见证一次又一次别离。然后在别人质疑你的时候，你可以问心无愧地对自己说，虽然每一步都走得很慢，但是我不曾退缩过。（居经纬）

你要变得更值得自己喜欢

所有的巧合和机遇在不断地发生。也许就是在某个瞬间，
有扇门打开，有条道路被发现，有条河流改变了岔道。
你不清楚接下来会发生什么，可是你知道，你会变得更好。

很多人都说，我不知道我自己想要什么。其实，这句话背后的真正含义应该是，我没有勇气面对和足够的努力，去争取我想要的。

我不知道，在这个世界上有多少次机会，可以让年少的你，幸运地寻找到那个让你想要变得更好的东西。也许是一本书，也许是一部电影，也许是一首诗，也许是一个故事，也许是一个人。

也许，他是你认识的人，在你身边的人，鼓励你的人，保护你的人，爱着你的人，你爱着的人。也许，他是你不认识的人，仰慕的人，崇拜的人，想要成为的人。

也许，只是那么一个人。

也许，你们的世界是平行的，就像永远不交错的星球。但我要说的就是这个——如果你抬头看看群星，大概不知道正在你头顶上空闪闪发光的某颗星的名字，也不会知道，它为了投射这光芒跨越了多少光年，也许，它自身其实早已崩塌焚毁。可是在那个瞬间，它的光芒被你看见。

于是，所有的巧合和机遇在不断地发生。也许就是在某个瞬间，有扇门打开，有条道路被发现，有条河流改变了岔道。你不清楚接下来会发生什么，可是你知道，你会变得更好。因为有那么一个人的存在，让你觉得你需要变得更好，变得坚强，变得温柔，想要成为像他那样的人，所以，你努力去成为那样的人。

因为你努力去做了，所以一点一点地，变得更喜欢自己，变得更值得自己喜欢。

所以，后来我想，也许有一天，我或许能够写下这么一行字——谢谢你，让我成为更好的人。

也许是写在一张明信片上，也许只是一张揉皱的笔记本后页。没有收件人，因为我也许并不打算寄出去，只会把它压在我的书桌抽屉最下面。但不论什么时候我想起，就像那扇门被打开，那条道路被发现，就像抬头看到那颗叫不出名字的星星一样，你永远不需要知道关于它的全部故事，它也永远不必知道你的存在。

它不是为了你而点亮那一小片宇宙，不是为了你而跋涉好几亿光年，把自己的光透射到初夏的夜空。它发光，也许只是因为发光是它的必然规律，就像你非得吃饭睡觉不可一样，是一件稀松平常的事。可是，你也清楚地知道，你内心的那一小片宇宙已经被它点亮。你清楚地知道，有这么一种存在，在你的脑海里逐渐成形。想说出来，想藏起来，想写下来，想不让任何人看见。

有一天，总有一天，当我变得不那么自我厌恶，当我变得更坚强、更温柔，当我有这样的能力开口的时候，也许，我会去写一张明信片，而且，并不在意它最后是否被投递出去。

在那张明信片上，只有一句：谢谢你，让我成为更好的人。

(Dr.Wetson)

生活始终都是一面镜子，映出我们自己的影像

生活并不是一场秀，你在人前笑得有多灿烂并不重要，
重要的是，每当太阳升起，你能够满怀欣喜地迎接这一天；
每当夜幕降临，你能够问心无愧地入眠。

“这世上只有一种真正的理想主义，那就是在认清生活的真相后，依然热爱生活。”说这句话的人，是罗曼·罗兰。

生活始终都是一面镜子，映出我们自己的影像。只有心里有阳光的人，才能感受到现实的阳光。实际上，生活并没有拖欠我们任何东西，所以，一个人的情绪受环境的影响，这是很正常的，但你如果总是苦着脸，那么这对于处境并不会有任何的改变。

所以你看，我们没有必要总苦着脸，应对生活充满感激，至少，它给了我们生命，给了我们生存的机会。而每个人都是独立的个体，当你有思想、有灵魂的时候，本不应该急着上路，而是

在上路之前，好好想一想，你的人生，到底该为了什么而活。

在每一个能让你做主的机会，你都应该为自己勇敢地做出选择，比如，你要选择在哪个城市生活，你想选择怎样的工作，你更愿意与谁共度余生。这些选择应该是更多地遵从内心意愿，这些决定与你未来的几十年息息相关，不是做给任何人看的。

生活并不是一场秀，你在人前笑得有多灿烂并不重要，重要的是，每当太阳升起，你能够满怀欣喜地迎接这一天；每当夜幕降临，你能够问心无愧地入眠。

生命仓促，看似漫长的岁月实际上转眼即逝。现实会告诉你，任何的感同身受都是不靠谱的，你眼中别人风光的生活，实则是冷暖自知的。

海子的《夏天的太阳》里有这样一段：你来人间一趟，你要看看太阳；和你的心上人，一起走在街上。

我们的人生，应该是炽热、热烈、伴随着激情的，你要感受生命的美好，也毫不掩饰现实的骨感；你可以身处繁华与喧闹，也不害怕置身于孤独；你会贪恋爱人柔软的手掌，也同样可以果断地送别不爱你或者你不爱的人。（日光卿晨）

你的未来，只有你自己知道

成长就是这样，痛并快乐着。
你得接受这个世界带给你的所有刁难、不圆满甚至伤害，
然后，无所畏惧地长大。

一生中，总有那么一段时间，需要你自己行走，自己扛。不要感觉害怕，不要感觉孤单，这只不过是成长的代价，是每个人必经的一程。这一程，或长或短，避无可避。

其实，你的孤独完全可能是因为你值得拥有更好的。孤独的人，不必总觉得生命空空荡荡，上天总要你腾空双手，才能接住更好的一切。

所谓成长，就是一个人，跌跌撞撞地把手里的一切交给下一个接棒的自己。

所谓成长，就是渐渐温柔、克制、朴素，不怨、不问、不记，

在安静中渐渐体会生命的盛大。

所谓成长，就是你哪怕难过得痛不欲生，但一觉醒来还是照常生活，没有人知道你发生了什么，也没有人太过在意你发生了什么。关于你的未来，只有你自己才知道。

人的心总是被现实撑大的，你能容纳多少，就能战胜多少；你能忍受多少，就能收获多少。

于是有一天，你将破蛹而出，成长得比人们期待的还要美丽。这个过程可能会很痛，会很辛苦，有时候还会让人觉得灰心，面对着汹涌而来的现实会让人觉得自己渺小无力，但这，也是生命的一部分。

太多的事，慢慢地就不能做了；太多的人，渐渐地就不见了。

成长，似乎是一个丢失的过程，直到很多年后，当我们经历了成长的阵痛、爱情的变故，走过千山万水后才会幡然醒悟，那么多年的时光，只是上天赐予你的一场美梦，为了支撑你此后坚强地走完这冗长的一生。

或者，一个人的成长，就是将自己的哭声调成静音模式的过程，而所谓的成熟，也不是看你的年龄有多大，而是看你的肩膀能肩负多重的责任。

如果有一天，让你心动的再也感动不了你，让你愤怒的再也激怒不了你，让你悲伤的再也不能让你流泪，你便知道，这时光、这生活给了你什么，你为了成长，为了试着走出一条自己喜欢的路，付出了什么。（佚名）

很多事，错过了就再也回不来了

人是怎么变坚强的？无非是知道一切都不会如你意即时出现。
最终，与你形影不离的，只有你自己。

小时候很想要一套恐龙战队玩具，曾经哭着闹着求大人买，没有成功，便一直铭记在心。等到自己进入社会赚钱了，有一次突然想起来，网购了这套玩具回来，等我拆开玩具，看着这套幼稚的人偶，心中除了莫名的好笑外，再也找不回来年少时捧着战士们激动雀跃的心情。

这样的例子在生活中不胜枚举：

计划好的旅行因为种种原因延期，等到好不容易人和时间都凑齐了，却失去了旅行的兴致；

想看一本书怎么也找不到，等它无意出现时你早已失去了看书的耐心和兴趣；

伤口出血的时候怎么也找不到创可贴，过后，真想起买来创可贴的时候，伤口却已经自我愈合。

伤心的时候只想要一个简单的安慰而未出现，等那安慰姗姗来迟，情深意长却已经只剩冷漠。

心情就是那么容易被改变的东西，我们通常很难保持对事物最初的心情，只能不自觉地被情绪左右，要么冲动，要么拖延，总错过了相遇最合适的时间。

生命中那些最美好的东西，都是转瞬即逝，春之落樱，夏之花火，秋之红枫，冬之飞雪，错过了那个时刻，就永远不是那个味道。

我们所能把握的当下太有限，却把无谓的希望寄托于变化的明天，而遗忘当下的唯一。

曾经青春期苦苦暗恋的马尾少女，错过了最青涩的告白时刻，时过多年在酒桌上谈笑间说起，女生已为人妇，她只随意笑笑，给你浅笑嫣然。你知道你错过了什么，错过了她最纯真时代遇到告白难为情地羞红了脸，错过留在她青春记忆最好的瞬间，也错过了一生只有一次的美好画面。

人生就是这样，错过了就再也回不来了，等你再想找回当初的感觉，又有什么意义呢？

最渴望的时候没出现，一切都已过去。

想必每个独立生活的人，都有过最脆弱的时刻，想依靠谁却谁也没出现过的经历。人是怎么变坚强的？无非是知道一切都不会如你意即时出现。最终，与你形影不离的，只有你自己。

今天只有一次，今天不同于每一天，总有人以为明天也会跟今天一样，所以他活了几万天，却总感觉像一直活在同一天一般无趣。

当我看到《了不起的盖茨比》的最后一页，久久停留在了那句话上："盖茨比信奉这盏绿灯，这个一年年在我们眼前渐渐远去的极乐的未来。它从前逃脱了我们的追求，不过那没关系——明天我们跑得更快一点儿，把胳膊伸得更远一点儿，总有一天……于是，我们继续奋力向前，逆水行舟，被不断地向后推，被推入过去。"

就像盖茨比苦苦追求已经不是当初青涩少女的黛丝，以为一切还能回到过去。其实我好想告诉他，亲爱的盖茨比，感情就是这么残酷，那一刻你没出现，就真的不用再出现了。（小岩井）

我喜欢这个世界是柔软的

文／　鸣军

我喜欢这个世界是柔软的，
一场雪不会压伤另一场雪，
最早最深层的那些雪花，
也还是乍开放的完整清洁；

我喜欢这个世界是柔软的，
一个人不会伤害另一个人，
最旧最皱的一张脸下面，
也还是叶芽一样的善良天真；

我喜欢这个世界是柔软的，
微笑风般自由流溢，
眼泪从来不会跌碎，
圆满的疼痛，
清澈的虔诚；

我喜欢这个世界是柔软的，
好让我抱着满怀的花朵，
走过蔓生的荆棘没有灯火的长街，
走过一个一个惊醒的冬夜。

西风不和西风比凉，
冬雪不和冬雪比寒，
刀不和剑比锋芒，
今天不和昨天比忧伤；

我喜欢这个世界是柔软的，
在这柔软里，开放、凋萎、祝福、远行；
在这柔软里，相遇、分离、回忆、期许。
漫长的一生和一生，
也只是温存的花事。

这个冬天还是寒冷，
唯愿柔软几许，
愿世界温柔待你。

卷二

勇气

原来你早就知道，
这世界并不完美

只有从害怕一个人吃饭、一个人奔波，
到习惯一个人面对各种波折，
才能明白孤独到底是什么。
它是你的一部分，它是天使，也是魔鬼，
它能让你万劫不复，也能让你变得更好，
而你只有面对它。

写给自己的第二封情书

愿你勇敢

每个人，始终都要学会悦纳完整的自己，
学会悦纳生活中的风风雨雨，
悦纳命运里的花开花谢，无人可以幸免。

亲爱的自己，有时候，你难免会觉得孤单，那时，即便难熬，也请从心底里减少一点儿对依赖的奢望。因为并不是只有别人的陪伴，才能给你足够的安全感。试着在每个阳光明媚的早上，对着镜子里的自己大声说一句：加油！

亲爱的自己，有时候，你难免会变得有点儿脆弱，那时，你要知道，人生，相遇和离散都是必然，没有谁，会一辈子陪着你走着完全相同的路，也没有谁，能永远陪你一起看一模一样的风景，所以，你一定要勇敢！

亲爱的自己，其实你很单纯，请你记住，爱情不是万能的，世界上也不存在一劳永逸这回事。所以，别让爱情成为你唯一的重心。任何时候，好姑娘都要知道，要有自己的眼界，有自己的顶天立地。

亲爱的自己，有时候，你难免会伤心，那时，你要知道，并不是所有的伤口都可以自己愈合，当你无力站起时，请接受真心伸向你的那双温暖的手，要试着允许别人为你治伤止疼。

亲爱的自己，有时候，你难免会不自信，那时，你要告诉自己，你其实很美好，而且，这个世界上永远不会有另一个一模一样的你。你要知道，好好地爱自己，安排好自己的生活，你才会活得有光彩，才能值得别人爱上你。

亲爱的自己，每个人，始终都要学会悦纳完整的自己，学会悦纳生活中的风风雨雨，悦纳命运里的花开花谢，无人可以幸免。

亲爱的自己，请你记得这句话——在有生之日，做一个真诚的人，不放弃对生活的热爱和执着，在有限的时空里，过无限广大的日子。

一个有关孤独的故事

在这个世界上，其实从来就没有孤身一人这回事，
总会有人，做着和你一样的事，有着和你同样的喜好，
他会说出你想说的话，哼起你正想唱的歌。

我要讲一个有关孤独的故事。

我现在在做一个APP，叫作“××故事”。还不错，但是我要讲的不是这个。

“××故事”不是团队做的第一个APP，以前还做过一个社交APP，名字叫“花开”，讲的是“慢交友”，也就是要两个人种一株花，而且，一开始不！能！聊！天！

这个软件一开始要搞很久很久才发芽，发芽才能看对方资料，又要经历很久很久，才能看对方照片。总之，每进一步都要很久、很久、很久。差不多是这样。

这个所谓的社交软件，除了每天面对含含糊糊的互动体验、莫名其妙的菜单、跳脱的画面之外，很长时间里，只能面对一片软件生成的土壤。

看到这里，你是不是想喊“让这个软件去死吧”？不要慌，因为它已经死了。

这个软件真的没有人玩，一年的时间，下载量加起来只有一千多。一千多是个什么概念呢？通常，做一次首发就该有一千多个用户了，或者，但凡稍微有一点点玩头的软件，几个人在朋友圈转一下也差不多了。

和现在日夜加班不同，这个软件已经无可救药，无事可做。老板天天觉得无聊，每天晚上跑去找朋友泡茶（这个朋友就是我），自己带了六大盒茶叶放到朋友那儿(也就是我的店里)，天天去泡茶，给自己泡茶，给大家泡茶，喝完这个喝那个。就这样。

后来，在濒临倒闭的最后时刻，团队做了“××故事”，没想到，一上架居然火了。也不是多火吧，但是比“花开”好太多了。有媒体找过来了，在苹果榜单上一度窜到21名，还上了7月优秀APP推荐榜。好几天的时间里，大家的手机上都开着榜单，看着排名一直蹿，欢呼雀跃，兴奋地幻想着未来。

这时有人想起来“花开”，为了防止大家查看公司还做过什么产品，就赶紧偷偷摸摸地把“花开”从 APP Store 下架了。安卓不用下架，因为安卓还没来得及做。

这两天，这个软件的服务器服务商来催费用。哦，原来服务器已经到期了。这个软件已经消失了嘛，后端工程师准备把服务器关掉，就顺便看了一眼。

这一看不要紧，天哪，那个软件，还有六个在登录的用户！

我们说，不然，上去看看他们都在干吗吧！因为我们真的想不通他们能干吗。老板问，你们还有谁手机里有客户端？我们存档里已经没有客户端了。大家都说，已经删掉了，手机空间那么小……

我们永远都不可能知道他们在干吗了，这个软件已经下架了，公司差一点点就倒闭了，再也不会迭代，没有客服，开发人员自己的手机上都已经卸载了，客户端文件都没有了，全宇宙都没有这个软件了。

而那六个人，还在玩。

这六个人，孤孤单单地漂浮在宇宙中，玩着一个已经消失的软件。我们什么都不能做了，连给他们发个推送问候一声都做不到了。我们问工程师们，到底要玩多久，他们才能聊上天？他们说不知道，因为还没有测试到那里……

也许，他们还在种花、浇水、捉虫、松土、晒太阳，也可能，他们已经说上话了。不知道那个时刻，会是什么样的情景……我们自己也不知道，这个社交游戏玩了一年以后还能干什么，因为它还没有达到这个程度就已经停止开发了。

后端工程师毫不犹豫地给那台服务器续了费。只要这六个人还在，就要把服务器一直维护下去，我们只能做到这儿了。因为负载太小，而且再也不会有新用户进来，他们会觉得很流畅，很流畅。

老板还说，有朝一日如果我们发达了，就要把这六个人找到，花高价把他们的手机买来，然后向他们鞠躬致谢。

如果到现在都不卸载，大概永远都不会再卸载了吧！希望这同样耐心的六个人，永远都不要发现只有他们六个人了，希望他们成为朋友，希望他们结婚，希望一百年后这个孤独旋转的星球上，人丁兴旺。

所以，你看，在这个世界上，其实从来就没有孤身一人这回事，总会有人，做着和你一样的事，有着和你同样的喜好，他会说出你想说的话，哼起你正想唱的歌。

总有一天，你们的星球，人丁兴旺。（张春）

一 个 人 的 日 子

原来，所有没能打败你的东西，都将使你变得更加强大，
孤独是，时间也是。既然它没能打败你，便会给你救赎。

一个人的日子，是什么样子的？

没人看到你在家刚刚睡醒，丑丑的、不修边幅的样子，当然，也没人亲眼看到你经历了多么有趣的事情。

拿出手机，触亮屏幕，发现没有任何未接电话和消息提醒，关掉屏幕，将手机放回口袋。一天之内，这样的动作可以反复无数遍。

有时候，突然特别想吃过瘾的麻辣火锅，最后，常常也只是想想而已，因为很怕一个人坐在那里，显得尴尬。

一个人出去吃饭，你想去趟卫生间，只好悄悄叫过服务员，

或者留张便条，叮嘱先不要撤台。

一个人，看书的时候突然看到一句话，你觉得它文艺极了，有趣极了，可随即却发现，身边并无人可以和你分享。

一个人，出去聚会时你永远都要提醒自己绝对不能喝多，因为回家以后可以照顾你的只有自己。

周末在家休息，到晚上临睡前会突然发现，自己竟然一句话都没说，一个电话没接，一整天就过去了。

突然心血来潮，上网搜了菜谱，准备给自己好好做一餐饭。结果是，饭做好了，你却越吃越无味，盘子里剩下的，远比吃到胃里的多。难怪有人说，你可以一个人唱歌，一个人跳舞，一个人学习，一个人旅行，却唯独不能一个人吃饭。那些说一个人吃饭也能有滋有味的人，原来都是在说谎。

一个人过生日，却正巧赶上加班。你打车回家，出租车司机打开了收音机，里面竟然无比巧合地传出了几句生日快乐歌，那一瞬间，你心里恨不得对着收音机喊一声“谢谢”。

你越来越发现，想约上闺蜜出去旅行变得很难、很难，大家的休假时间似乎永远都碰不到一起。而你也没有伟大到一个人只身上路，自己去完成当初曾经与闺蜜计划过的旅行。

也许，你现在仍然是一个人，一个人下班，一个人吃饭，一个人睡醒，一个人发呆，然而你看，你不是完全能够一个人，搞定这一切，度过这所有吗？

很多时候，当下那个我们以为迈不过去的槛，一段时间之后回过头看，其实早就轻松跳过；当下那个我们以为撑不过去的时刻，其实忍着、熬着，也就自然而然地过去了。

原来，所有没能打败你的东西，都将使你变得更加强大，孤独是，时间也是。既然它没能打败你，便会给你救赎。

而所谓的成长，就是越来越能接受自己本来的样子，也能更好地和孤单的自己、失落的自己、挫败的自己相处，并且接受它，然后面对它。谁都会有低落的时候，但是不要让它影响你向前就好，变成一个更让自己喜欢的自己，然后，遇到一个不需要取悦的人，不辜负。

突然想起白落梅所说，终于明白，有些路，只能一个人走。那些邀约好同行的人，一起相伴雨季，走过年华，但有一天终究会在某个渡口离散。红尘陌上，独自行走，绿萝拂过衣襟，青云打湿诺言。山和水可以两两相忘，日与月可以毫无瓜葛。

那时候，只一个人的浮世清欢，一个人的细水长流。（佚名）

你的努力要配得上你的期望

既然是自己的故事，那就自己写剧情吧，
不然，还有什么乐趣？

高中毕业时，大家相互在同学录上留下赠言，一个朋友在上面写：“我希望，以后的我们都能活出自我，不然，一辈子太可惜了。”

几年过去了，我们谁都没办法变回过去的小男生、小女生，但却慢慢学会了如何爱自己。现在的我，不只幸福，更充满了安全感。

因为我知道，我永远都会对自己好，我踏实得不得了。

我喜欢有余地的生活，把多出来的精力变成精彩，比如去探访胡同里快拆掉的老建筑，随意拍拍照片，比如去上一节瑜伽或者防卫术的课，比如花一个下午，学学怎么做出像模像样的马卡龙。

我喜欢一个人去看电影，一个人吃饭，一个人在咖啡馆喝东西、写东西，除了偶尔在起身接电话时，没吃完的松饼被服务员收走之外，似乎并没什么不好的。我不知道爱情、婚姻里有没有那么大的容忍度，让我这样自私又自由地过日子。

毕业之后陆续换了几次房子，每次搬家都累到抽筋。可是，我热爱在新的地方建立生活的过程，认识新房子楼下修车的师傅、卖水果的小贩，在地图上重新设置“家”的位置，更改网购的收货地址。每次路过我曾住过的地方，都能想得起在那儿发生过的一切一切，这是我自己的记忆地图。

人生没有什么既定规则，不一定二十几岁就非要去结婚生子，也不是说三十岁就一定要走在事业的康庄大道上。

既然是自己的故事，那就自己写剧情吧，不然，还有什么乐趣？

廖一梅在《像我这样笨拙地生活》里说：“大多数人在谈论爱的时候，谈论的都是需要，自我的需要。你认为自己的爱是单纯的、无目的的，实际上，大多数情况下你想的都是利益，这个利益可能是舒适感、安全感，或者某种自我期许——而且这种爱，多半都是你权衡利弊之后做出的选择。”

对我来说，爱是我唯一的、奢侈的信仰，我无法让它变成权衡的结果，我要让它配得上我漂亮的裙摆，配得上我跋山涉水后拥有的眼界，配得上我的所有努力。

我活在“二”字头的年龄段，精力无限，努力工作，喜欢的东西自己买，每年攒够钱出去旅行，热爱粮食和蔬菜，一颗心还很柔软，还有一大堆的梦想在跃跃欲试。

就算没有早晨七点钟的吻，就算房子里某样东西坏了我要自己修，就算偶尔下雨的夜晚我会害怕、会失眠，但是，我知道，我很快乐。（张超）

不要等待别人成全自己

很多人在担心，过了二十五岁就会被扣上尴尬的“剩女”头衔。
其实，头衔并不可怕，可怕的，是你没有做好准备，
也没有相应的能力，来面对这样的生活。

对于女人来说，最浪费时间的事就是：

一、抱怨生活中的各种不满；

二、在一段错误的爱情关系中苦苦挣扎；

三、等待别人一起去做事，如等别人一起看最新的电影，等别人一起去旅行，等别人一起学车、学瑜伽、学游泳，最后，电影早下线了，你哪儿都没去成，哪样都没学会。

等待是最浪费生命的行为，如果你非要等待别人成全自己，那就等于是在浪费自己的生命。

毕业后，真正开始过起一个人的生活。

一个人住，虽然会遭遇感冒时躺在床上也要爬起来自己烧水吃药的凄凉；也会碰到做噩梦惊醒，只能对着天花板发呆的无聊；或是失眠的时候，看着天一点点亮起来时的寂寞；偶尔也会有晚上看了场恐怖电影之后，怎么都不敢睡觉的害怕。

但是，一个人的生活也可以是自由与充实的。一个人窝在家里，可以安静地看完一本热销书、一部电影；可以完全按照自己的口味，去做自己喜欢的饭菜；偶尔慵懒起来，不叠被子也不会觉得不好意思；不管早起或者晚睡，都不必因为害怕吵醒别人，而蹑手蹑脚；看电视的时候，可以只看自己喜欢的节目，而不必顾及其他人的感受，因为根本就没有其他的人。

一个人的时光，大概都是这样一种寂寞的美好吧。

很多人在担心，过了二十五岁就会被扣上尴尬的“剩女”头衔。其实，头衔并不可怕，可怕的，是你没有做好准备，也没有相应的能力，来面对这样的生活。

曾经有一天，我忽然想念起一家平价意式餐厅的意面，因为不想临时约朋友，下班以后就一个人跑去那家餐厅吃饭。一边畅快地大口吃着意面，一边惬意地喝着白葡萄酒的时候，刚好遇见以前的旧同事，她和男朋友来吃饭。不难发现，她眼中带着一点儿无法掩饰的同情。

原本自我感觉良好、胃口心情都奇佳的我，心中美好的感觉开始一点点消失，开始感觉不自在起来。之前还打算吃完面，坐在餐厅软软的沙发上，再点一杯葡萄酒，边看书边喝酒，但是因为害怕对方同情的目光，害怕吃完又要和对方聊天，只好赶紧吃完，打个招呼就离开了餐厅。

一个人吃饭的时候巧遇熟人，真是要有强大的内心才行呢！

所以，有多少姑娘寄希望于未来，寄希望在另一个男人身上，觉得如果自己遇上另一个人，自己的生活就会发生翻天覆地的变化，就会和对方过上好日子。

而我在想，在家天天喊着无聊的人，出远门还是会喊无聊。如果你想到处去寻找趣味，那么，请你把趣味带在身上，一个无趣的人，看到的世界是不会有趣的。到处寻找爱的人，请你也把爱带在身上，否则永远都找不到。而希望能和别人过上好日子的人，自己必须具备过上好日子的能力。

男人也好，女人也好，如果没有自己过好日子的能力，那他也没有和别人过好日子的能力。

一个人有没有过好自己当下生活的能力，能不能感受到自己当下生活的快乐，如果对自己的当下不满，那么能否及时做出改变和调整，则关乎一个人生活品质的高低。

我享受一个人的时光，我要让自己过上好日子。

与嘈杂比起来，安静却孤独的生活，仿佛显得更有必要一点儿。

一个人，至少得有一段时间，或者几年的时间，要一个人生活，这样才能够听到自己的节奏，让你不再害怕失去，坚定、努力而又美好地生活下去。（佚名）

你也许也是这样

有一天，你会开始习惯，习惯告别，
习惯再也不见，
习惯自己慢慢成了过来人。

你也许也是这样。

初中毕业时，拿着留言簿到处找同学写留言；高中毕业时，却只会和相熟的人说着三言两语告别的话；大学毕业时，可能会自己独自静默走完校园，此后，便各自杳无音讯，再无牵连。

人生对情感的表达，大概都是从复杂过渡到简单，最后到不愿表达，靠记忆与时间支撑起来的过去，总有一天，终究抵挡不住未来、前程、现实的汹涌。

当初怎样都舍不得收起的留言簿，在一次次的搬家中，也不知丢到了哪里；当初你抱着哭得死去活来的人，现在已经再也想不起姓名；当初离开大学校园，信誓旦旦地说着以后一起打拼的好友，如今，还是通过旁人才间接得知他已经结婚生子的近况。

于是，我们逐渐学会封锁起自己，自我保护，尽力躲开身外一切的无关瓜葛，曾经五彩丰满的生活，只剩下自己和未来的前途。

于是，在某个我们认为的成熟时刻，会做出一副冷静沉默的态度，作为对于懵懂青春时期玩世不恭与盛气凌人的剥离。我们开始对有所争议的事物保持沉默，对天气新闻保持沉默，对曾经深深喜爱过的男孩子保持沉默，你知道，很多事情即便付出再多的努力，也无法改变分毫。

有一天，你会发现，生命的时光，越走越短，真正进入你生命的人，越来越少。曾经根深蒂固的情感，也会慢慢地剥离出去，从你生活的轨迹中消失。

有一天，你会开始习惯，习惯告别，习惯再也不见，习惯自己慢慢成了过来人。

电影里说："我猜，人生到头来就是不断地放下，但遗憾的是，我们却总来不及好好道别。"可又有谁，没有经历过这样来不及告别的告别呢？

当有一天，你发现你的情绪不能用语言说出来，而宁愿让自己渐渐消失在深夜亮着华丽街灯的街道上，这，就是孤独。

当留在你身边的人越来越少，你要做的，就是越来越珍惜，珍惜那些为了你甘愿停下脚步陪伴的人。要知道，或许我们终其一生寻找的，不过就是甘愿为你停下脚步的人。

最后，我们终究会懂得，人的成长，注定是一场孤独的旅途。我们都要学会，在生命里的那个寒冷的冬天，一个人孤独地过冬。不奢求别人，不依赖别人，自己温暖自己，自己治愈自己，自己给自己力量和勇气。

最后，我们都会喜欢自己变成这样的人：懂得照顾自己，在事情处理妥帖后，能尽情享受生活。不常倾诉，因自己的苦难自己有能力消释。很少表现出攻击性，因内心强大而生出一种体恤式的温柔。不被廉价的言论和情感煽动，坚持自己的判断，不后悔。

我们都一样，要学会承受生命的孤独与无助，挺过去，才能看见美好和繁华。（佚名）

一个人的生活，别急着结束

总有一天你会发现，与自己相处其实是一件很不容易的事情，
而你最终也会明白，最需要关爱的不是别人，是你自己。

总算一个人住了，周末，站在刚刚收拾完的新家里，暗喜。那感觉，好像是一只流浪的小狗找到了安全的地方。

住的地方离地铁有两站地。这两站不算长，走习惯以后就当作散步了，不着急，反正，总会走到家的。

但有时候却不行，急吼吼地走着，仿佛是一段暗无天日的隧道，身后有人跟踪盯梢，路边的树丛也藏着随时会蹦出来吓人的怪物，让人只想赶紧到家。

时间长了，旁人见了总会问：“还住那儿呢?”

我说：“是啊。”

“还，一个人住?”口气中不难听出弦外音。

我说：“对，还一个人。”

有些话题问多了，就很难被点燃。我回答得有些不冷不热，倒是对方不好意思起来，欲言又止，语气像是皱皱巴巴的纸张：“也好，一个人，自由。”

他不知道，自由，有时也是件“危险”的事情。

搬过去第一天就买了个砂锅，每每置身在充满了肉香和烟火味的家里，外出应酬似乎成了累赘。有朋友过来做客，会不嫌麻烦地煲个汤。汤很快就喝完了，朋友问，你怎么不买个大点儿的锅？唉，一个人生活很少会考虑这些，因为你无法预测，什么时候会有另外一个人出现。

所以，你会开着电视，在电视剧的背景声音里做饭、做家务；你会提前烧好热水，以备能在深夜能有口热茶；过节不回老家，就准备好足够的饺子冻在冰箱里；放假了不想出门，会在家里宅上一整天。

这时才明白，人最需要面对的，不是过去，是自己。在一天天空寂、安静的日子里，你会猛然发觉，内心不知从何时开始变得强大起来了。

朋友一来就把电视声音开得很大，你嫌吵。朋友说："你真的是一个人住惯了，这点儿声音就嫌吵。"是啊，安静惯了。一个人，有足够的时间面对房间里的安静和空寂，直面内心，之后，那种尘埃落定的感觉会让你感觉自身的渺小和身不由己。

虽然不是每个夜晚都孤枕难眠，但你还是发现了自己的眼神越来越冷，生活成了最没悬念的一部电影，没有意外，也没有惊喜。这时你猛然觉知，清心寡欲，大概就是这般模样了吧。

不过，就像你永远不知道蚊子会在什么时候叮咬你一口一样，某种煎熬还是会与你不期而遇。

邻居大妈、单位热心大姐冷不丁的关心总是会让你冒出阵阵虚汗：

"自己住呢？"

"是啊。"

"家属呢？"

"没有，还没结婚呢。"

"咦，你还没结婚？怎么还不结婚？"

"……"

语气让你觉得，你必须得学会四两拨千斤的巧劲儿。具有软化一切的能力，是一个人的必修课。

单身的你，不用去担心对方身边藏着多少诱惑，不会面临为对方操碎了心人家却不领情的尴尬。但难免会想着，身边如果有个人，哪怕沾染了一身柴米油盐的味道，自己也能抖落得干干净净吧。

“一个人的精彩”之类的话说得很漂亮，但这样的生活，没人知道什么时候结束，而能让你好好走下去的理由，就是太多的不确定和未知。总有一天你会发现，与自己相处其实是一件很不容易的事情，而你最终也会明白，最需关爱的不是别人，是你自己。

其实有时候，等一点儿也不可怕，老天让你等，是为了让你做更正确的选择，遇到更合适的人。只要你在等的时候，把自己变成一个值得被等待的人，就能被同样在等待的人看到，并且相遇。

只要你在等的时候，保持耐心，充实自己，变得比昨天更好，变得可以配得上你想要遇到的人。那么即使你没有和你刚开始想要在一起的人在一起，你也没有白白辜负这段等待。

所以，一个人的生活，别急着结束。（老淳）

愿你找到自己人生中的伊丽莎白镇

旅行不是拯救，你的远方，也没有克莱尔那般的救星，
我们拥有的，不过是一个自己，一个从生到死都伴随着自己的自己。

人们需要旅行，往往有两个原因，希望有个人在远方等着你，或是身边有个人可以陪你一起上路。

关于这句话，最好的阐述是一部电影《伊丽莎白镇》。然而颠覆这句话的，似乎也是这部电影。

原本处在事业巅峰的德鲁遭受了人生最大的“滑铁卢”，公司破产，美艳的女朋友毫不留情对他说了拜拜。

看到这个开头，你一定又以为是一个好莱坞式的励志片——男主角遭遇沉重危机，忽然迎来曙光，重回巅峰，左手事业，右手美女。我也以为是这样，然而却不是。

备受打击的德鲁决定回家自杀，但他的父亲在家乡突然辞世，作为长子，他必须接回父亲的遗骨。在这样的双重夹击下，他却要去一个完全陌生的故乡，在一堆陌生亲友的簇拥下，去扮演一个来自大城市的成功设计师。

那个陌生的父亲的故乡，就是伊丽莎白小镇。

相对于加州，相对于知名设计师，伊丽莎白镇代表着人生的亲情、友情与对传统的坚守，这里坚持着两百多年的传统：土葬，并且要求葬在家族墓地，但德鲁的母亲却要坚持加州的风俗：火葬，并且魂归大海。

原来在许多年前，德鲁的父亲，西点军校毕业的英俊上尉米奇，意外邂逅美丽的加州女孩霍莉。当时他有未婚妻，她也已订婚，可是他们一见钟情。就这样，英俊的上尉被加州坏女孩拐走了，从此搬离了伊丽莎白镇，德鲁的母亲也因此与伊丽莎白镇的亲戚们结下了心结，几十年互不来往。现在，由于对上尉葬礼的严重分歧，他们不得不再次相对。

上尉究竟是个什么样的人呢？他究竟是个什么样的父亲呢？导演用了许多闪回的回忆片段以及他人的描述，展现了一个“简单、忠诚、乐观、幽默”的男人，他的口头禅是：“It wasn't this, it will be something else.”——如果这条路走不通，那你一定会找到一条别的路。

他忠于爱情，也忠于亲情，为了妻子和儿女，搬离了伊丽莎白镇，却也无法忘怀家乡的人们，最后宿命般的魂归故土。在这个时候，八年里忙于工作的德鲁才意识到：他有这么好的一个父亲。他的父亲有一个他那么热爱的故乡，而他与这里的人血脉相连。

这就好像你的人生里隐藏着一个巨大的角落，而你从来不知道，也没有想过要去揭开。你视而不见，直到你有运气去触碰到它，你才发现，一个角落却俨然是人生的新篇章。因为你发现了这个遗忘的角落，你从此发现了隐藏在你血脉里的新能量，就像哥伦布发现了新大陆。

在他的内心还在因此而遗恨、而震荡的时候，他在飞机上遇到的空姐克莱尔出现了，金发、甜笑、宽容、热情、乐观的她，足够拯救一个沉浸在失败里的无趣男人。

克莱尔说：“每个人都该来次公路之旅，一生中至少有一次，就你自己，带着音乐。”她一手策划了他人生中的第一次公路之旅。

在葬礼结束之后，他翻开那本出自克莱尔的五星地图，里面每一页都是她手绘的地图，在哪里有美味的食物，在哪里有马丁·路德·金被枪击的那个旅馆，在哪里有满肚子故事的酒保，在哪里的转角有新的风景。更惊奇的是，每一页都附带一张DVD，有爵士、蓝调，各种她为他准备的旅行音乐。她对他说，不许跳歌。

他跟随着那样手绘的地图，路过密西西比河，路过黑河，将父亲的骨灰撒到他认为值得停留的每一处风景。

“这个时候夕阳西下。”

“这个时候，请你摇下车窗，因为有些音乐是需要空气的。”

如果你能遇到一个和你一起上路旅行的人，那一定是件很美好的事情。但是，如果你能遇到一个能引领着你去领略风景的人，那就不仅仅是美好，而是人生最大的幸运。

只是，不是每个人都有这样的运气。多半的人遇到的都是一个糟糕的伴侣，而自己又无法引领别人。

当然。他们最后在一起了，在熙熙攘攘的人群中，他重生，他们重逢，他们紧紧拥抱在一起，好像从来不曾这般爱过。

如今的我们为什么那么需要旅行，甚至迷恋旅行。我想，那是因为我们的问题太多，我们想要找到的答案太多。这些问题的答案，在此地此处，乱如麻，无迹可寻，只好通过生活在别处，去寻求一种逃离现状后的虚伪“澄明”，去寻找到一个接近澄明状态里的“真心”。

有时候，逃离不是澄明，旅行也未必能接近内心。真正的热爱，在于你是否重新在旅行中爱上自己。只有重新爱上自己，才有能力爱别人，爱生活。

旅行不是拯救，你的远方，也没有克莱尔那般的救星，我们拥有的，不过是一个自己，一个从生到死都伴随着自己的自己。

你就算走到天涯海角，走到伊丽莎白镇，走到乌托邦，你逃离不了的是自己。如果你不爱自己，一切都毫无意义。如果音乐与旅行，如果爱情，如果亲人的离去，能唤起你对自己的那份热爱，那么，我们就都还是有希望的。

但愿，每个人，都能找到自己人生中的伊丽莎白镇。（十二）

每个人都有属于自己的那个座位

你是这世界唯一的你，独一无二，珍贵无比，
你得骄傲，给自己点赞，对这么努力在生活的自己好一点儿。
总有一天，你的身边会坐着一个正好的人。

亲爱的对号入座小姐，你好。

昨天晚上的风很大，我在吃泡面的时候，不知为什么，突然就想起你来，所以就写了这样一篇文字，主角是你，请你不要介意。

对号入座小姐每天睡前要做的最后一件事情，就是在微博和朋友圈里跟大家道声晚安之后，开始浏览每个朋友发过的状态。

“原以为世上只有亲情和友情才能长久，这样看来，友情也不过如此。”

“我真的对你失望透顶。”

“同事里总有那么一个人，他的作用就是让除他以外的人变得更团结。”

……

这些字字句句让对号入座小姐百爪挠心，瞬间睡意全无。

是在说我吗？我怎么让她觉得失望了？

啊，是不是那天我不在公司，没有给他签收快递，所以他生气了？

啊，是不是那天我不小心把汤水溅在了她身上，她不高兴了？

是在说我，他们一定是在说我。唉，我的人生真失败。

对号入座小姐每天就是这样，伴随着满满的负能量睡去，这种沮丧的心情一直延续到第二天，当她跟当事人面对面的时候，发现对方依然像往常一样对她笑脸相迎，随便开几句无伤大雅的玩笑，才渐渐散去。可是每到夜里，她就会开始新一轮的沮丧和担忧。如此循环往复。

你一定想问，这样活着不累吗？可事实上，我们谁又活得轻松自在呢？

请记住，你是这世界唯一的你，独一无二，珍贵无比，你得骄傲，给自己点赞，对这么努力在生活的自己好一点儿。总有一天，你的身边会坐着一个正好的人。

亲爱的对号入座小姐，不知道你现在过得怎么样，是不是还要每天看一遍朋友圈才能跟自己道晚安，不知道，你有没有找到你的对号入座先生?

我想说的是，我们活在苍茫的宇宙中，就像一个巨大的电影院，每个人都有属于自己的那个座位，身边会坐着一个正好的人。我们不停而又盲目地寻找着，偶尔会在错误的座位上坐下，然后起身走开，身边总有跟我们一样坐错位置的人，打个照面就擦肩而过了。我们的对号入座小姐只是一直在寻找着自己的那个位子而已。

放心，只要坚持，总有一天她会找到，而且她的身边，也会正好坐着那个对的人。

放心，你也会。（自由极光）

别怕一个人

当你一个人的时候，不妨试着做点儿荒废时光之外的事情。
毕竟，你觉得自己做得很牛的事情，
或许，都是在你一个人的时候做出来的。

也许，你现在还是一个人，但是，这并不妨碍你当一个好姑娘呀。

你看，你身边有个很好的闺蜜，她或许不是特别漂亮，她也不是什么“富二代”，她甚至会经常嘲笑你的糗事，但是，你从来不会担心她会背叛，你可以放心地和她抱怨、打闹、开玩笑，不用担心谁的挑拨离间会让你们分开，不用担心她会欺骗你。她可以让你安心，任你倾吐所有的心事。如果身边有这样一个人，你应该觉得无比踏实。

你看，你身边可能还有很好的哥们儿，他可能不帅气，可能不优雅，他甚至还有一点点毒舌。但是，他却可以让你感到轻松，他可以陪你笑，可以陪你二，陪你疯。

请你记得，你是个好姑娘，你可以不坚强，但你绝不可以消沉；你可以不淑女，但你不可以随随便便；你可以没有爱人，但你大可不必宁缺毋滥。

你要尝试走一个人的路，或许，你还是希望做任何事都有人陪，这样才会让你觉得有安全感，但当你踏上一个人的旅途时，其实你也可以一个人逛路边的小店，一个人看场电影，一个人吃掉一整盒冰激凌，一个人看完一本书，一个人撒欢地走在回家的路上，享受一个人的时光。

经过时间的洗练，你会发现，真正的美不是精致的妆容，不是高挺的鼻梁和尖尖的下巴，不是一件得体的西装和昂贵的裙子，而是有了一个专属于你个人的标志。它可能是身上的气质、说话时候的眼神，它在宣告——在我的世界里，我就是唯一的主角。

别误会，我也不喜欢一个人，我也希望一直和心爱的人在一起黏着，看电影、吃饭、打游戏，哪怕发呆都好。可惜，爱情从来都不是救世主，越来越多的东西都需要你一个人去努力面对。

就像上学的时候，没人能帮你读书，没人能帮你背单词，没人能帮你积累见识，没人能帮你查阅文献。

在你能够独立搞定这些难题之后，你也会发现，原本让你深陷纠结其中的，其实根本就不在话下。

别误会，我也并非鼓励人人都去做宅女，人际的社交是生活的必需。我只是觉得，当你一个人的时候，不妨试着做点儿荒废时光之外的事情。

毕竟，你觉得自己做得很牛的事情，或许，都是在你一个人的时候做出来的。（佚名）

只要有人还在仰望星空，你就不该放弃自己

人的安全感应该是自己给的，
将安全感寄托在别人身上，这是世上最不安全的事。
最好的时光，可能是你一个人安安静静做着自己最喜欢的事，
就像最美妙的孤独，是一个人坐在街边长凳，不为任何人的等候。

有人说他很享受孤独，在旁人看来，那或许是矫情。但是不得不承认，一个人吃饭、看电影、上班下班，一个人修理灯泡，排队等公车，在做完自己想做的事后会发现，原来，并不是什么都需要别人陪的。

人与人相处讲究磁场，若你觉得身边没有一个真正的朋友，看他们那么热闹，你问一句“说什么这么好笑呢”，他们说“也没什么”。你觉得自己变得多余的时候，可能是你的吸引力不够，又或者，眼前的这些人并不值得你拥有。

所以，孤独跟寂寞不同，寂寞是没人陪伴，孤独是别人不理

解。可你做了这么多事情，别人理解了怎样，不理解你又怎样？你还是活得尚好啊。

其实，如果说得狠一点儿，人之所以感觉孤独，都是因为太“闲”了。你暗恋的人正在用力爱别人，而你羡慕的人，往往比你更努力。

所以，孤独的时候要更专注，专注做自己喜欢的事。

看书和运动是短时间内能让你感到充实和快乐的事，当你感到孤独，就是应该看书、运动的时候了。你要学会充实自己，忙碌是最安心的快乐，而你的成长，不是单纯地为了脱单，而是让自己更有力量，去体验任何的可能。

单身也好，恋爱也好，都只是人生里的某一个阶段，没必要羡慕别人，也别对现状抱有不满。无论身边是否有人陪伴，前方是否有承诺一起努力的目标，生活中的喜怒哀乐都是需要你自己去经历并沉淀的。

人的安全感应该是自己给的，将安全感寄托在别人身上，这是世上最不安全的事。最好的时光，可能是你一个人安安静静做着自己最喜欢的事，就像最美妙的孤独，是一个人坐在街边长凳，不为任何人的等候。

记住，只有你变得足够优秀美好，你遇见那些令自己赏心悦目的人成功概率才会增加，也会早日与那些美好时光相遇。因为，在很大程度上，你的状态，决定了你所遇见的人是怎样的状态。

当你变得很好，你会值得在未来的日子，拥有更好的生活、更好的爱、更好的自己，还有满满的快乐。一定会有一个人，带你翻山越岭，替你披荆斩棘，与你乘风破浪，陪你颠沛流离。

在此之前，请热爱生活，好好善待自己。不要失望于过去，茫然于现在，胆怯于未来，也不去无聊地攀比、肤浅地羡慕、笨拙地效仿，要学会去仰望星空，拥抱阳光。只要有人还在仰望星空，你就不该放弃自己。

“一只船孤独地航行在海上，它既不寻求幸福，也不逃避幸福，它只是向前航行，底下是沉静碧蓝的大海，而头顶是金色耀眼的太阳。”

这是莱蒙托夫的一首诗，送给你，愿你不遗余力，在生活中遇见更好的自己。（佚名）

我希望（节选）

文／陈刚

我希望，
太阳升起之时，
我与大地上的万物一起苏醒，平静地生长，
风调雨顺，安详宁静。

我希望，
蓝天之下，有清风掠过，
沉重的肉身变得轻灵，
每一次呼吸，都幻化成云朵，
千姿百态，随心所欲。

我希望，
住在一个四季分明的地方，
春夏秋冬，自得其乐，
时令有序，错落有格。

我希望，
自己表里如一，不撒谎，不忐忑，
心中没有恐惧，眼中没有媚俗。
言之有理，行之有度。

我希望，
一生都有朋友相伴，
喜乐有分享，冷暖有相知。
同量天地宽，共度日月长。

我希望，
睡眠深沉，在悠长的甜黑之乡，
换骨脱胎，重新生长。

我希望，
每一天都对食物充满热爱，
会品味，能消化，善分享，
日子有滋有味。

我希望，
有更多安静的时光，读书饮茶，
日有所悟，月有所长。

我希望，
远游之日无牵挂，居家之时无妄思。
行无羁，思无邪。

我希望，
长河悠远，岁月无痕，
大地不老，阳光普照。

>>>

每一座孤岛，
都被海深深拥抱。

卷三

爱情

谁，仍在你心里
谁，尚在你身边

离开的，都是该离开的人；

走散的，都是需走散的人。

注定在一起的，哪怕千回百转，艰难险阻，

还是会走进你心里，尚在你身旁。

写给自己的第三封情书

愿你幸福

爱情或许会让你不知所措，
会让你嫉妒生气，会让你伤心流泪。
但它终究是温暖的，
能给你愉悦，给你安全感。

亲爱的自己，你要明白，无论是爱人还是朋友，他们就像是水中的鱼，就算再努力，深水层和浅水层的鱼也永远不会游到一起。情感是最自然的随心流动，刻意地控制和追求也难有真情实意。

人生的这一趟旅程，并不是所有的人都想要去往同一个地方。所以，来者要惜，去者要放。

亲爱的自己，你要明白，青春年少固然让人艳羡和回味，然而，人生总要往前走，你也要成熟起来。而所谓的成熟，其实就是你开始做该做的事，爱该爱的人，不会再去肤浅地羡慕、无聊地攀比、笨拙地模仿。

所以，看待别人，你不再只是喜欢青春美貌，更看重人的成熟、安详、自然和清澈，更看重人的胸怀、大度、智慧和仁厚。

亲爱的自己，人的一生中，有的爱情本来就是注定没有结局，它只负责相遇。

所以，不论何时何地，记得，要特别珍惜缘分，不论是你生命中的过客，还是长久的知己、爱人。

亲爱的自己，告诉自己，你要自信一点儿，勇敢一点儿，也许，遇见能让你真正动心的人，这一辈子只有那么一次。你要知道，爱的能力也是有保质期的，它也会过期不候。在感情这件事上，万念俱灰和任性妄为的结果一样，一定都是人生的悲剧。

亲爱的自己，你要明白，幸福的指数，其实取决于你的心态。告诉自己，永远不要拿别人来做参照，别人又不是你，怎知你走过的路，你心中的苦与乐?

亲爱的自己，记得，真心想送你回家的人，东南西北都顺路；真心愿意陪你吃饭的人，酸甜苦辣都爱吃；真心想见你的人，24 小时都有空；真心想帮助你的人，也一定会想尽一切办法帮你。没有哪种爱情，需要你放弃尊严作践自己，要你去受罪吃苦。

爱情或许会让你不知所措，会让你嫉妒生气，会让你伤心流泪。但它终究是温暖的，能给你愉悦，给你安全感。如果不是这样，那要么是爱错人，要么是用错了方法。

所以，对于曾偷偷喜欢过的人，你要真心祝他幸福，因为你喜欢他时也是希望他快乐；曾经怨怼过的人，要试着微笑面对，因为他让你更加坚强；对曾经背叛你的人，要暗自感谢，感谢若不是他，你就不会懂得这个世界的另外一面。

亲爱的自己，你要相信，你一定会遇上一个人，他让你的欢笑和泪水都有意义。

让我带你看看我的世界

你变得淑女，学习烹煮，在孤独中学会谅解，在爱中学会宽容，
都不是为了美化其他人，只为给自己的世界增光添彩，
让它万花盛放，让它阳光明媚，让它落英缤纷，或是晶莹剔透。

曾经以为，最动人的情话是“你是我的全世界”。

它从热恋的、失恋的、暗恋的人嘴里说出来，仿佛带着壮丽色彩的霞光，映着爱中的小心翼翼和温柔的歇斯底里，宣告着拥有，莫名其妙地就让人感动得不能自已。

分手时，她带着泪眼追问对方：“我把你当作我的整个世界，为什么要抛弃我？”而她曾经的恋人回答得明确又决绝：“因为我不想再当你的世界了，你应该有自己的生活。”

当初的甜腻、依赖，以及无理由、无条件的信任，终化成淡漠、厌恶，还有对于自己独立空间的向往。

当爱着一个人的时候，便很容易相信他是我们的全部，于是，很容易摆出一副“你是我的全世界”的姿态，然后，不知不觉把爱变成借口，将自己变成面目全非的人。

你的逻辑是，因为你是我的全世界，所以，那些质疑、任性和矫情，你要无条件接受。而对方的自由喜好和隐私，理所当然地牺牲给了你，作为入驻他世界里的通行证。

“可是，我也放弃了那么多啊！”闯入者说。

那又怎么样呢？如果他不稀罕，那不过只是你的一厢情愿。

为他，你推掉了工作的应酬、朋友的聚会，每天亲手做饭给他，可他也许只想在下班后，和朋友一起吃吃饭、喝一点儿酒，或者跟你一起去找好吃的饭馆，看着你跟好朋友们谈天说地，眼睛亮亮、嘴角上扬的模样。而不是第N次打电话给他：“饭都热了三次了，你怎么还不回来？”每次吵架的时候还带着一副光环：“我所有的牺牲都是为了你，你怎么能这样对我？”

要知道，把自己的世界分享给一个半路相逢的陌生人，跟走进别人的世界一样需要勇气，可怕的是，闯入者并不自知，在他人的世界栽花种草，按照自己的审美修修剪剪，还期待那个世界的主人感恩戴德。

而最悲惨的，莫过于发现自己在别人的世界不受欢迎，而自己的家园又更早已一片荒芜。没有爱好，没有朋友，没有自由的生活，不能跟自己相处，连自己想要什么都不知道。

所以啊，好姑娘，你可以为他放弃许许多多的东西，可是，千万不要为了任何人放弃你的世界，你的家人、朋友，你的爱好，你的秘密。

你不出色，但是有可以养活自己的一份工作，你有微笑时候毫不掩饰的小虎牙，以及没心没肺的“哈、哈、哈、哈”四拍笑声，这一切构成了一个完整的、原本的你。

而你变得淑女，学习烹煮，在孤独中学会谅解，在爱中学会宽容，都不是为了美化其他人，只为给自己的世界增光添彩，让它万花盛放，让它阳光明媚，让它落英缤纷，或是晶莹剔透。

只有你的世界足够好，才能和另外一个世界平等对话。

希望你从下一次开始，可以带着明亮的微笑，伸出手邀请，说着这世界上最美好的情话：“来，让我带你看看我的世界。”

(陶瓷兔子)

高手永远不屑于和菜鸟过招

人常会说“易得无价宝，难得有情郎”，
其实，不管是无价宝还是有情郎，都要看你配不配。

我始终信奉一句话：你是谁，便会爱上谁；你是谁，便会吸引谁。

你爱上他说走就走、天涯海角的潇洒，就要接受自己劝不动他浪子回头的尴尬；

你爱上他甜言蜜语、独上心头的温柔，就别怪他移情别恋的娴熟；

你爱上他安安稳稳、琐碎黏腻的小情怀，就别厌他胸无大志的邋遢。

凡事由你选，选择 = 高调享受 + 低调咽下，无人能逃脱。

李碧华曾精准地描述过女人的梦：一生渴望被人收藏，妥善安放，细心保存，免我苦，免我惊，免我四下流离，免我无枝可依。

也许现在的独立女性，正如所谓“女汉子”一类，不屑于再承认这种卑微的梦。如今的她们，可能已不太在意物质依靠，但是，心灵依靠带来的愉悦，情感关爱带来的舒心，恐怕是正常人类中的每一分子都不会厌恶的吧？

人常会说“易得无价宝，难得有情郎”，其实，不管是无价宝还是有情郎，都要看你配不配。

想要觅得有情郎，本是最应该被尊重的美好愿望。可问题在于，有情郎的质量、有情郎的情分轻重，与有情郎能够走多久，八成都取决于一件事，那就是：你自己，有多好。

是啊，有个道理虽然无情，但你躲不掉，那就是：男人永远都会因为你的优点、你的魅力而爱上你。并且，因为你的优点和魅力不曾泯灭甚至变得越来越多而持续爱你。更重要的是，他们是因为你的好，才能包容你的不足。就像那句话：若他不曾领略过你妆后的惊艳，又怎会爱上你平凡的素颜？

要知道，“容忍”二字的前提，是值得容忍。这个道理不难理解，但却少有人想得透彻。

你对朋友拔刀相助，是因为他与你之间有义气，或者你欣赏他、珍惜他；你对父母孝顺备至、百依百顺，是因为天然的骨肉血缘和后天的感情积淀。

所以，感情和行为都有因有果。

那么，你对爱人呢？人的利己主义本性是不容忽略的，荷尔蒙的吸引更是暂时的，那么长久的相爱、生活，必须源于旷日持久的欣赏，以及日复一日、心灵互通的浇灌。而你，有哪一点值得有情郎在茫茫人海中，牢牢锁定？

若你想遇见的他满腹经纶、出口成章，那请问，他说罢了上篇，你能否接得住下篇？

若你想遇见的他青年才俊、事业得意，那请问，他生意上遇到了困扰，你能否给出几句受用的安慰，或者拥有一语道破的智慧？

若你想遇见的他内涵深刻、哲思明辨，那请问，你能否逻辑缜密、自圆其说、遗世独立地表达见地，而不是肤浅的小感想？

在时间中，能将两个人绑死的，是精神上的你来我往。如高手过招一般，旗鼓相当。他有他的优势，你有你的擅长。若有一日你们发现，非彼此就不知其味，那恭喜你们，已经成功俘获了对方。

很多女孩在爱情中缺乏安全感，何谓安全感？不是日日电话短信，占满对方时间，扼住对方行踪。安全感即是那一份自信：他得意时、失意时、困惑时、痛苦时，都会第一时间来求你之关怀，讨你之锦囊，享你之欢心。那么，任世界再大，他也只想留在你的身边，或者，带你上路，携手同行。

有时候觉得，爱一个人的感觉就像是在赌，你押上你的时间、你的精力、你的一整颗心，想要他回头看你一眼，再一眼。你押得越来越多，就越来越舍不得收手。有的人赢得衣钵满盆，有的人输得分文不剩。别说你不求回报，上了赌桌的人，没有一个想空着口袋走。

高手永远不屑于和菜鸟过招，恋爱也一样。（余点）

愿你一直是一个相信爱情的好姑娘

我们在各自的经历中所学会的，
不是如何活得八面玲珑、万无一失，
而是带着那些选择与遗憾，继续生活。

亲爱的姑娘，二十岁的你，有着一张不需要护肤品保养就白嫩光洁的脸蛋，穿上碎花裙就可以像雏菊一样清新，让人闻得到比绿茶香水还芳香的恬淡味道，那是青春特有的气息。

这时候的你，单纯无瑕，你会用一股飞蛾扑火的信念去爱一个人，觉得他好到值得你不计回报地去牺牲与付出。

可是，亲爱的姑娘，不是所有善良的人，在爱情里都是好人。你可以把善良当作加分，但它绝不是评判一个恋人是否合格的标准，他对待世界的那份体贴，未必就会用在你身上。

你所要做的，就是睁大眼睛，排除一切表面的虚幻，透视这个人的内心，看他是否能腾出一个最温柔的地方留给你，再不管不顾地付出也并不迟。

可能有一天你会突然明白，让人感动的爱情，并不是天生一对的幸福，而是他明明喜欢高挑的女孩儿，却偏偏对微胖的你动了心；你曾经红着脸颊，给打篮球的学长递矿泉水，如今却陪着不爱运动的他，一起宅在家；他明明没有长成你爱的样子，可你就是觉得找到了一直想要的那个人。

原来，爱情和大长腿没有关系；原来，爱情和树洞也没有关系。爱情和什么都没有关系，爱情，就是爱情。有的爱情自带房子，有的爱情自带车子，有的爱情一开始什么都不带，但只要和你在一起，将来都会有。

时间给人们的不该只是答案，还有坚韧、宽厚与温柔。有一天，你会从你的花季中走出，你会对从前执迷过的感情恍然大悟：原来，我们在各自的经历中所学会的，不是如何活得八面玲珑、万无一失，而是带着那些选择与遗憾，继续生活。而这，也是一生中最重要的修行。

只愿你此后遇到的那个男孩即便辜负整个世界，也别负情于身边的这个你，也愿你一直会是一个相信爱情的好姑娘。（佚名）

别人家的男朋友

你若想幸福，你就必须知道，
你希望被怎样对待。

出去旅行的时候，我认识了她。

她和她先生比我们年长一些，那次相遇是他们结婚三周年的旅行。那天中午吃完饭，左等右等不见他们，好一会儿，才看见她先生拎着一大袋零食，牵着她的手，拼命朝旅游车跑。导游抱怨他们迟到，男的憨厚地笑笑，不好意思地解释说：“听说接下来一路很苦，给她去买了点儿小女孩儿爱吃的东西。”

他笑容里的不好意思是因为迟到害大家久等；不是因为他当众宠溺地叫这个姑娘“小女孩儿”。

旅行结束一年多以后，我还对这个情节念念不忘。我对她说，你们是我见过的最愿意保持情调的恩爱夫妻。她惊讶地回复我说，可是你不知道，当时在大草原上，你男朋友趴在地上为你选角度拍照片；在黄龙，你高原反应昏睡在酒店里，他担心得不得了，我一直跟我老公感慨，你们才是我们见过最美满的情侣。

可是那时候，我跟男友已经分开快半年了。

同学曾说，当年有一次在食堂里看到你跟你男朋友，天热得下火，又正赶上学生下课抢饭，你男朋友一个人托着两个餐盘挤在人堆里帮你买饭，你一手举着一个甜筒坐在椅子上，左边吃一口、右边吃一口地看着他。我们就觉得，你真是找到好男人啊！

对，我遇到了好男人，可是我们分开了。

我知道，那个能在你生病时嘘寒问暖，那个能给你买两个甜筒让你坐着吃，然后自己撸起袖子，挤进人堆里为你买饭的男人多么难得。毕竟，这世界上绝大多数的男人，平时都只会让你身体不舒服的时候多喝点儿水。

但是，我需要的那个男人，他可以不那么细致入微地照料我的生活，可是我天生容易犯迷糊，我常常无意的丢东西、迷路、忘事儿，我可能一辈子都会自娱自乐、没心没肺地哼着儿歌，所以，他一定要能宽容我的无心之失，不在我已经懊恼不堪的时候继续喋喋不休；不要强迫我必须像一个温柔优雅的贤妻良母那样，闭起爱唱歌的嘴，洗手作羹汤。

肯定有人会说，等你病在床上没有人管、挤在人堆里吃不到饭的时候，你看你会不会哭！

但是亲爱的，你真的要相信，不是每个女孩，都会因为没有人照顾而哭泣；也不是每个女孩，都可以忍受恋人的不甚理解。

看吧，这就是“别人家的男朋友”，就像渴望被悉心照料的你，羡慕我的那两只甜筒一样。你的完美爱人是细心的，而我的理想对象是耐心的，他们都是有美德的男人。可也正因为这样，这个世界上的每一个好男人，不一定能让每一个女人幸福。

是不是因为我们心里，始终住着一个跟别人不同、不愿意被怠慢的自己？

在这个世界上，每个人都带着各自的天分，独自生活了二十几年。你要找的另一半，究竟是强化你已经拥有的技能，帮助会照顾自己的你照顾你；还是击中你的需求，把你天分里缺失掉的那部分用爱填补完整呢？

当我忘却了我之所需，直到内心那个永远没有得到关照的自己号啕大哭，我才明白，不要简单因为他给了你这个世界上公认的好而牵手，这是对自己最诚实的坦白。

你若想幸福，就必须知道，你希望被怎样对待。

我从没说过，感情里不需要付出和妥协，不需要尊重和珍惜。或许，你应该愿意在遍体鳞伤之后，像我一样认真地问问自己：为什么你有公认的优质男友，而你的爱情，却屡战屡败？

生命那么短暂，没有人有义务为你变成你欣赏的那种“别人家的男朋友”。你常说，我们总是争吵，可是他真的对我很好啊！可如果你明白自己需要什么，或许你就不会贪恋那份你并不需要的温存。

你可以拼尽全力，再为你这坚守多年却始终犹豫的爱情争取几次，可是，如果晴天还是没有到来，你就应该舍得放开手，让他去做别人家的男朋友。而亲爱的你，也要去寻找适合你的那款男朋友。

这是一篇写给女孩的故事，可如果你是男孩，这个道理对你也同样适用。在关于爱的收获里，男女应该得到同样的对待。

找到真正对的人，我们在对方眼里都可以熠熠生辉。（徐温婕）

少谈些爱情，多谈些自己

你一直在证明自己不是A、B、C、D、E，
但是可能根本不知道，自己究竟是怎样的存在。

在如今的时代，很多人，特别是女人，常常怕被贴上了“拜金”“物质”“大龄剩女”之类的标签。所以，在刚刚萌生的爱意里，还没有来得及看清对方的脸孔，就开始急于摆脱一些负面定义。

二十岁出头刚刚毕业，有人就开始担心嫁不出去，饭后立马站起来要去买单，以此证明自己不是一个爱占便宜的物质女人；刚恋爱三天，就恨不得去五星级酒店学厨，以此证明自己绝不会不想做个好太太。如果这个时候，别人蹦出来说一句“现在的女人都太现实”，有人就恨不得连块饼干都要跟人家AA分着吃。

姑娘，吃男人一顿饭，收他一份礼物，就真的让你觉得那么

不堪吗？因为这一顿饭和一份礼物，你就从此从一个内心贞洁、气节凛然的小清新，变身为坐在宝马车里哭的物质女了吗？

餐厅里，一个孩子穿了一件漂亮衣服却粘上了口香糖，她一定不会乖乖地坐在那里享受美食，而是一直想把那块口香糖弄下去。然后，全餐厅的人都看到了一个狂躁不安的小孩子，最后，她食不知味，悻悻然离开了餐厅。

你就像是那个孩子，你的玻璃心就是那件漂亮的衣服，你心里的那些标签就是你衣服上的口香糖，爱情就是你盘子里的美食，而狂躁不安就是你的现状。因为太在意那件衣服，与那些本来看不出来的口香糖，使你错过了一顿丰盛的爱情。

曾经恨不得把自尊与独立顶在脑门，曾经恨不得跑到电台去广播：我的名牌包包和鞋子都是我自己挣钱买的，很怕被别人划分为某一类女人，紧张到每次都觉得自己就站在那条三八线的边缘，活得战战兢兢。

这也是太多人的过去，不仅仅是你的。

当然，我绝不是主张你去大把地花男人的钱，而是我希望，你慢慢变成了一个“我首先是一个女人，然后才是一个人”这样活着的人。

你一直在证明自己不是A、B、C、D、E，但是可能根本不知道，自己究竟是怎样的存在。

在下定决心确定自己是什么人以后，我开始比以前过得轻松很多。比如，不再纠结是不是吃男人一顿饭，就立马变成了一个拜金女；我也不会惆怅逛街的时候要不要他付钱买东西；我也不会因为他要求服务生给他打折，就在心里给他打了折。

他请我吃饭，但是下次吃饭我肯定会请他，即便没机会，也会想着回送一件礼物；逛街看到我喜欢的东西，我会自己掏钱买，如果他坚持付钱，我会很真心地说“下次吧”。而且，会讨价的男人不是很好吗？

事实上，既然你本来就不是一个唯利是图的人，又何须去介怀什么？

女人，所做的一切都不是给男人看，而是——她本来就是这样的女人。不论是不是面对男人，她都是这样的人。

对待朋友也是如此，对待家人也是如此，所以对待爱情也是如此。

姑娘，你呢？你的真心呢？

有时候，你越急于证明你不是什么，你看起来就越像什么。

夸夸其谈以显示自己很有内涵的人，看起来很白痴；急于证明自己自尊又独立的女人，往往看起来高不可攀，自负强势。最后，你惆怅地问：为什么我这么优秀，但就是没人爱我？

你想想是不是这样：你急于证明你不是什么人，但是，你却快要不记得你究竟是什么人了。而这也并不只是你的错，这是我们在恋爱里都会有的迷惘。

如果你自己也很难找到方向，那么，就少谈些爱情，多谈些自己。（艾明雅）

分手快乐

任何一段孤独难挨的时光，如果没有让你长大，
那你就浪费了那些辗转反侧的夜晚，难挨窒息的情绪给你带来的苦难。
当有一天，你再度面临相同的境况，你只会变得越发的糟糕。

刷朋友圈的时候，难免会刷到谁和谁分手了。

其实想想，既然是爱情，就总少不了分分合合，吵吵闹闹。一路走过来，以为可以看见未来，却还是躲不过曲终人散。多少的爱情，要么，一条路走到头，时机成熟了，就能熬出来了；要么，走着走着，方向偏了，就挥挥手告别。

爱情，有时就像是彩色的气球，无论颜色如何艳丽，都禁不起针尖的轻轻一刺。

最初因你皱了皱眉都会心疼好久的人，和现在你直接告诉他“我生气了”都无所谓的人，是同一个人；最初愿意跟你打两个

小时电话还有很多话要说，和现在问你有没有事，没事我就去忙了的人，是同一个人。

说到底，现实生活中的爱情，毕竟很难遇着电视剧里的阻碍，没有生死，也没有那么多的家族情仇。有的，不过是从小备受呵护的没见过人间疾苦的两个人，是不是愿意为另一个人，慢慢克服掉自己长久的惰性，磨平一身的棱角，在经历过浮躁的青春期后，慢慢长大。

得不到的永远在骚动，被偏爱的都有恃无恐。你总得经历失去，才会懂得珍惜，你总得彻底伤过一颗心，才学会呵护另外一颗心。

但是遗憾的事情总是，当我们真的慢慢学会了约会不迟到，不再不分场合无理取闹，学会了温柔、勇敢，学会责任和担当，而我们的身边，已经很少有当初那样认识了很久、了解彼此就像了解自己一样的人，我们也很难愿意为了那个有一点儿心动的人掏心掏肺。自己似乎没办法再去喜欢上别人，你觉得很累，你不想花时间也不想再去了解，从对方叫什么开始。

其实，我们所遇到的阻碍，也早就已经不像当初那么简单，更何况，温柔、勇敢、责任和担当，哪里又是一朝一夕就学会了的？

我们都曾付出真心，以不同的方式。我们只是当时理解不了彼此，谁也不欠谁。爱情无须缅怀，你是那些年月里最烈的酒，我是真的认真醉过。

浓香散尽，一碗酒渣。

其实，如果你当真能够回头对当年的自己说点儿什么，也许，你想说的、能说的，大概只有“分手快乐”这四个字吧。

任何一段孤独难捱的时光，如果没有让你长大，那你就浪费了那些辗转反侧的夜晚，难挨窒息的情绪给你带来的苦难。当有一天，你再度面临相同的境况，你只会变得越发的糟糕。

时间并不能拯救那个难过的你，可以拯救你的，只有你自己。时间所做的，不过是让你麻木，让你习惯，但是未必能让你放下。

有些事，如果可以想通，一秒就是所有；有些事，一生想不通，一生亦是禁锢。

你真正需要的，是在时间里学会长大，去得到一种自我治愈的能力。而这一切，与光阴短长无关。而所谓真正的“放下”大概就是，你不会删除他的聊天记录，也不会把他拉入黑名单，只是任由他躺在通讯录里，再也懒得去点开。他就像是你掉进夹缝的硬币，扔在地铁站垃圾筒里的半瓶水，决定不要了，就再不会想起。

有一天，你再想起他时，不是沉默或哽咽，而是微笑淡然的讲述，那便是你从他那里所得到的最好的成长。

米兰·昆德拉说，世界上所有的不朽都是和死亡相联系的。

所以，回头想想，其实应该谢谢那些最后没得到的，才保住了生命中关于爱情的最后一点儿美好。（姜新）

其实他没那么喜欢你

也许，所谓的幸福结局，并没有包括要给你一个完美的人；
也许，所谓的幸福结局，就是抱着永不放弃的希望，继续前行。

一部很好看的美国电影，名字叫《其实他没那么喜欢你》(He's just not that into you)。

电影的开头很有趣，从非洲某部落的土著，到纽约高级餐厅里的白领，从体态富贵的中年妇人，到魔鬼身材的窈窕少女，世界上几乎每一个角落里，都有女生在问：为什么他还没有给我打电话？为什么他还不来找我？为什么他突然失去了联系？

然后，在这样的女生身边，总有一群劝解她的死党好友在说："也许他害羞""也许他自卑""也许他不知道怎么联络你""相信我，他肯定是喜欢你的"……

女人们只想赶快让姐妹们笑起来，却很少想该怎么让她们清醒。事实是——也许，他只是不想找你。

电影说，如果一个男人真的喜欢你，他会动用一切力量去找到你。这早已经不是石器时代了，真正喜欢你，即便经历海啸、洪水，即使你消失在人海，大海捞针他仍然会找到你。

如果他答应你的事却没有做到，哪怕那只是回一个电话，不要给他找借口："他真的很忙，所以忘了""至少他真的与我道歉了"……

他很忙，你也不轻松，这个城市有谁不忙？有手机，有快速拨号，甚至有语音拨号，有时候压根没想打给谁，放在口袋里的手机就将号码拨出去了，如果真的喜欢你就不会忘记，如果忘记，就说明他不在乎你失望。

男人对自己想要的东西是永远不会说"忙"的。因为，你想让一个人开心，你就会变得开朗幽默；你想给一个人力量；你就会变得越来越坚强；你想给一个人感动；你就会迸发出很多从未有过的浪漫想法。

所以，如果他暧昧不清，不要替他解释："他以前受过伤""他刚刚分手，他想慢慢来""他习惯了自由"……他若是真的喜欢你，就不会暧昧不清，就会昭告天下对你的所有权。如果喜欢你，但由于私人原因想慢慢来，他会立即把这一点明确告诉你，他不会让你猜来猜去，因为他不想错过你。

如果他不愿意见你的朋友和家人，他不愿意带你走进他的圈子，理由是谈恋爱就只是两个人的事，那么，请自动翻译成“我只想用你来消磨时间”“我不太喜欢你”。

如果他背叛你，不要去想“他喝多了”“那只是偶尔出现的意外”“他是不小心的”……背叛没有借口，背叛这种事情是不会“不小心就发生”的。如果他都喝得醉醺醺才来找你，而不愿意在清醒时为你改变，那么就该考虑离开，因为，长远的生活是需要清醒的。

如果时机成熟但他依然不想结婚，也许，那仅仅意味着他“不想和你结婚”。那些说“不想结婚”的人，最后一定会结婚，只是不是和你。

很多时候，我们宁愿相信一个男人太害怕、太紧张、太自卑、太爱前女友、太敏感、太忙、童年阴影太多、家庭压力太大、太累……却不愿意看清很简单的事实。

是的，他不是太忙，不是受过伤，不是有童年阴影，不是遇到了意外，不是忙到要竞选总统，不是得了短暂性失忆，不是手机掉进了火锅里，不是有健忘症，更不是你已经坚强到可以令他不担心——他，只是没有那么喜欢你而已。

于是有人问说，那究竟要怎么去相信他是喜欢我的？

请你，永远别相信规则，而要相信自己的感觉。

我想，这个时代更需要一点儿自欺欺人，告诉自己他其实很爱你，叫自己放心投入地去对待一个人，没有怀疑，没有疑问、揣测和试探。还记得我们说过的“拼命奔跑，华丽跌倒”吗？在爱情里，也请勇敢地、坚定地、拼命奔跑吧！即使跌倒，你也可以说，自己是华丽的。

在《其实他没那么喜欢你》里，我最爱的一段台词，那是名叫吉吉的女生，在以为一个男生喜欢她但在表白之后发现是误会，被男生冷嘲热讽之后说的一段话，吉吉说：

“我也许是太敏感、太会小题大做，但至少那意味着我还在乎。你以为用上这些所有能看透女生的规则你就赢了吗？你也许不会再受伤，也不会再让自己出糗尴尬，但是，你也永远不会再体会到那样的爱。你不是赢，是孤独。也许，我做了很多很傻的事情，可是我知道，这样的我，会比你更快找到那个对的人。”

相信自己的感觉，喜欢自己的人生。

也许，所谓的幸福结局，并没有包括要给你一个完美的人；也许，所谓的幸福结局，就是抱着永不放弃的希望，继续前行。

含泪奔跑，华丽跌倒。

人山人海，边走边爱。（佚名）

爱情的常态

很多放弃爱情、对爱情失望的，
大概都是因为要求爱情一直亢奋，不接受它的常态。
只有当你悦纳了这样彼此相伴又相对独立的空间，
你们才能有机会，拥有未来多年的陪伴与长情。

这个世界上，能两个人一起共享的事情其实非常少，少到你可以数一数看：看电影、轧马路、双人电玩游戏、烛光晚餐、游乐园……但是，但凡有点儿经验的人都知道，这些事可能只有在刚开始谈恋爱时才常常做，慢慢地，你们就不需要这些事来为彼此建立联结了。因为它们总会浪费一些时间，而且，即使你们在一起还是在做这些事，内心体验也常常不同。

一起看电影，其实是各看各的，彼此都有自己的理解；轧马路，也是各看各的风景，即使打闹嬉戏，最多十五分钟也就会累了，然后继续走路，看自己的风景；一起吃饭，味道也是自己才知道，你觉得美味至极，他可能觉得不过如此……

所以，两个人在一起能做的最多的事，大概就是陪伴。我做我的，你做你的，我们只是在一个空间里而已，你知道有另一个人坐在那儿，你就感到很踏实，而已。

这就是爱情，最常态的爱情。

我们刚爱上一个人，那时的爱情也许并不是爱情的常态，而是爱情的初始亢奋状态。如果你认定爱情就一直是这样了，那你应该是看错了爱的本质。你的想法每天都在发生变化呢，何况爱情呢？就像十四到三十岁是你的亢奋期，三十到七十岁才是你的常态。

其实，比比时间就知道，哪个是你的常态，爱情也是一样。

很多放弃爱情、对爱情失望的，大概都是因为要求爱情一直亢奋，不接受它的常态。只有当你悦纳了这样彼此相伴又相对独立的空间，你们才能有机会，拥有未来多年的陪伴与长情。

如果有一个人愿意放下面具、敞开内心，去理解和感受对方，带给对方一个绝对可以依靠的肩膀，在我看来，这便是最深的爱意，无需更多情话。（佚名）

爱是玫瑰，也是匕首

在这个总是让人不安的世界里，最终会有一个人，
愿意把他的一生给你，忠诚、付出，并对你温柔相待。

世上一定有什么更深刻的原因，将一个人留在另一个身边，并且，只能是她，除了她，他没有能力再爱上其他任何的人。正是他们的爱情让他成为现在的模样。“经彼此而生，为彼此而生。”我们相互成就对方，最终，成为彼此的第二层肌肤。

这并不是一个不痛的过程，因为，爱是玫瑰，也是匕首。现实并没有给人预留太多诗意的余地，我们在热恋中寻找彼此的共鸣，又在一段长久关系中发现自己，我们在怀疑和犹豫中战战兢兢地接受着爱情，最后才真正享受它。

但是，在这个总是让人不安的世界里，最终会有一个人，愿

意把他的一生给你，忠诚、付出，并对你温柔相待。你最重要的决定，都有他的参与；你所走的每一步，都有他注视的目光；当你心灰意冷，充满挫败感，他会伸出手臂把你放进胸膛；如果你得意忘形，虚荣心膨胀，他会以旁观者的冷静，要你看清现实。

因为这个人，你想要把全世界最好的东西全部奉献给他，你会想要变得更好，以配得上他的智慧和爱。他把他给了你，也把你给了你。这一生，你从没有得到比他珍贵的承诺。当他离去，你缺失的是整个世界的分量，你为万物着迷，走入许多风景，却总能找到他。

所有关于爱的诗歌，安赫尔的这首我记了很多年：

“我知道我存在是因为你把我想象出来，我高大是因为你觉得我高大，我干净是因为你用好眼睛用干净的目光看我。你的思想让我变得智慧，在你简单的温柔里，我也简单而善良。

“但是假如你忘记我，我将无人知晓地死去。人们或许会看到我的肉体，但寄居在里面的将是另一个人——阴沉、愚钝、乖戾。”

完美的关系不存在，但一颗怀着无限爱恋的心，却会让它变得更加可能。这就是为什么我们争吵、我们愤怒、我们喋喋不休、我们怒目相视，却最终相拥而泣、始终牵手的原因。（佚名）

有些事是不可以开玩笑的

有些事是不可以开玩笑的，
比如，喜欢一个人。

小兔收到一条短信：我不喜欢你了，再见。不再喜欢你的小熊。

小兔红着眼睛把手机递到妈妈眼前，说："妈妈你看，小熊不喜欢我了。"

妈妈摸了摸小兔的头，说："傻孩子，今天可是愚人节呀。"

小兔的脸上立刻恢复了笑容，说："小熊这个坏家伙，嘿嘿。"

妈妈问："那么你现在准备怎么做呢?"

小兔摆了摆自己毛茸茸的耳朵，说："我也要捉弄他一下。"

妈妈微笑着点头，说："好的。"

小兔给小熊发了一条短信：真巧，我也不喜欢你了，再见。也不再喜欢你的小兔。

发完短信后，小兔蹦蹦跳跳地继续去做胡萝卜派了。

小兔善良而单纯，她的心里只有小熊，以至于忽略了很多事情，比如，小熊现在所在的地方，其实已经是 4 月 2 日了。也就是说，这并不是一个玩笑。

兔妈妈用她的方式，帮自己的女儿保留住了该有的尊严。

到了新森林后，小熊渐渐发现，原来这世界上还有小狐狸的存在，而她似乎比小兔更适合自己。小熊觉得自己不再喜欢小兔了，可是又怕自己笨拙的样子会被小狐狸嫌弃。

于是，他特意选择了在 4 月 2 日给小兔发分手短信。他知道小兔收到短信的时候是 4 月 1 日。这样一来，万一自己追求小狐狸失败了，还可以用开玩笑做借口，重新和小兔在一起。

令小熊意外的是，小兔竟然回复了几乎和他相同的内容。这下，小熊反倒有些紧张了。他突然分不清小兔的回复到底是开玩笑，还是真话。

小熊的计划被打乱了，他追求小狐狸的时候，不知道为什么，总会想起小兔回复的短信。因此，他经常说错话、做错事，整个人显得越来越笨拙。

最终，小熊还是被小狐狸嫌弃了。他决定回到小兔身边。于是，他又给小兔发了条短信：小兔：我还是喜欢你的，上次只是愚人节的玩笑。喜欢你的小熊。

小兔收到短信，把手机递到妈妈眼前，说："妈妈你说得没错，小熊真是开玩笑的。"

妈妈摸了摸小兔的头，说："有些事是不可以开玩笑的哦，比如，喜欢一个人。"

小兔不解地问妈妈："为什么呢?"

妈妈微笑着说："你会不顾小熊的感受，主动和他开玩笑说'我不喜欢你了'这样的话吗?"

小兔想了想，摇了摇头说："我舍不得，他会难过的。"

妈妈点了点头说："对呀，可是为什么他舍得让你难过呢?"

小兔看着妈妈，眼睛微微发红。妈妈摸了摸小兔的头说：

“别难过，我的宝贝。当初你回短信的时候，小熊回复你了吗?”

小兔摇了摇头，低声说：“没有。”

妈妈说：“所以你看，我的宝贝，你不喜欢小熊了，他一点儿也不难过。那么他不喜欢你了，你为什么要难过呢?”

小兔想了想，点了点头说：“我明白了，妈妈。”

妈妈微笑着说：“答应我，宝贝，有些事是不可以开玩笑的，比如，喜欢一个人。”

小兔用力地点了点头，给小熊发了条短信：我不喜欢你了，再见。不再喜欢你的小兔。（耀一）

世间事，都自有安排

其实，世间事，都自有安排，
那些转错的弯，那些绕过的路，
那些流下的泪水，那些滴下的汗水，
不论好或者坏，终究成全了现在的自己。

“谁都以为自己会是例外，在后悔之外；
谁都以为拥有的感情也是例外，在变淡之外；
谁都以为恋爱的对象刚巧也是例外，在改变之外。
然而最终发现，除了变化，无一例外。”

这是徐志摩的一首诗。

在我们懵懵懂懂的青春时代，总会纯真和烂漫地想象过，去用心保护点儿什么，一个梦想，一个信仰，或者，一个女孩。

《大话西游》中紫霞说：“我只猜中了这开头，没有猜中这结局。”爱情的发展诡异莫测，以悲剧开头的，没准会以喜剧结束；而喜剧开场的，却很可能以悲剧收场。最好的爱情，常常是还没有机会发展下去的爱情。

有时候，命运总会略带残酷地把相遇过的人彼此分开，那是命运在告诉我们，这些在生命里出现的人、出现的事，已经完成当下的使命，此后不再交集，又或者，在转角偶然又遇到曾经熟悉的人，只剩会心一笑。

爱情有很多种，使命也各有不同。有一种只是经过，蓦然心动，却再也没有下文。就像某天你写了一篇日记，满满的全是心情，隔了很长时间再去看，你却再想不起来究竟发生了什么。

时间创造，时间也湮灭；爱情产生，爱情也消逝。都是命运，都要接受。

爱情经过你，与你擦肩而过，就像你走过一个果园，满树都是繁花，花瓣飘落你双肩，你嗅到了花香，你触到了花蕊，可是你带不走整个果园。也许某年，会记起那花香，梦到那花蕊，这也是一种生命的财富：有过爱，见过美，你的心被这些秘不可宣的情感弄得沉甸甸的。

其实，世间事，都自有安排，那些转错的弯，那些绕过的路，那些流下的泪水，那些滴下的汗水，不论好或者坏，终究成全了现在的自己。

一些事情渐渐变得淡灭，你知道它存在过，但却已经忘记怎样地存在过。在不断地成长中，我们终是错过了一些季节，错过了一些事，错过了一些人。

有些事注定成为故事，有些人注定成为故人。不必挂念，不必留恋，偶尔记起就好。当明天变成了今天，成了昨天，最终成为记忆里不再重要的某一天，我们突然发现，岁月其实与沧桑相关，无常才是人生的常态。

遇见的都是天意，拥有的都是幸运。

就像五岁的时候，你可以只为捕捉一只蝴蝶，而跑到一公里外的田野。十岁的时候，你可以只为一个冰激凌，而跑遍大街小巷的商店。二十岁的时候，遇到喜欢的人，你还可以不管不顾地去追求。可越到后来，哪怕遇到一见钟情的人，你也可能会犹犹豫豫，瞻前顾后。

你看，面对爱情，很多人越来越没有追求的勇气。你不仅怕输，你更怕不够门当户对。门当户对，是我们说了这么多年的词，可实际上，真正的门当户对，未必是彼此的家庭拥有同等的地位与财富，而是彼此三观一致。

的确，他很好、很好，但是，可能他就像橱窗里你差一半的钱而无法购买的衣服；就像你饿坏了，可他却是冰箱里过期很久的蛋糕；就像鞋柜里你最喜欢，又偏偏不太合码数的鞋子。大概是因为不能据为己有，所以才把对方当成万丈光芒来景仰的吧。

有些人，曾经出现在你的生命里，待到日后蓦然回首，就会惊觉，当初那些不忍放手的、念念不忘的，最终都定格成了风景。而当年的有些想法虽然看似天真、幼稚，但却终将成为我们一生中最令人感动的地方，因为它教会了我们如何去爱。

总有一天，我们都会感谢每一个生命里爱过、路过的人。曾经的他们成就了现在的我们，所以，内心深处的偶有挂牵，就是岁月留下的善意安慰和感激吧。

好在，时光对每一个被辜负的好姑娘都是公平的。总有一天，她们会明白，会翻越，会自我治愈，通透豁达。（佚名）

真正的爱，是彼此成为更好的人

我们一起在时光中磨合成长，
你抹去我的嚣张戾气，我磨掉你的生涩胆怯；
你越来越温暖担当，我越来越沉静柔软。
在不经意间，我们都成为更好的人。

是爱情，就一定会有缘分、有心动、有一见钟情，但是，任何一份爱情都不是仅仅凭借这些就可以天长地久，更多的，一定是愿得一人心，白首不相离。

爱是凡事忍耐，爱是凡事包容，爱是永不止息。如果你知道这个人是爱你的，你认定了他，接下来要做的就是相依相守。

然而，世上没有什么一劳永逸的爱情，更没有任何一份爱情从一开始就情比金坚、永垂不朽。凡尘俗世中，谁都不是金童玉女，天定其成，有争吵、有流泪、有迟疑、有退却，但也有忍耐、有包容、有坚持、有守候，这才对。

你看，琴棋书画诗酒花，我喜欢就喜欢好了，不用非得逼着他也喜欢，他偶尔回头赞赏一下我就好了。

他爱钓鱼、爱出游，那就去好了，我不会亦趋亦步，但偶尔作陪一下也挺好。

他少言，那我说他听好了。

他的一些想法或许有点儿幼稚，但却不失可爱，让他试试又何妨？

我偶尔任性胡闹，他却不会大发雷霆，他还是宠我、疼我，微笑着走过来轻轻安抚，我就会安静了。

我们都不会天真地痴想着把彼此变成完美伴侣，就让彼此都保持自己原本的样子。

我们一起在时光中磨合成长，你抹去我的嚣张戾气，我磨掉你的生涩胆怯；你越来越温暖担当，我越来越沉静柔软。在不经意间，我们都成为更好的人。

会有一天，我们两个人都达到了自我内心的安定，对新鲜的异性不再蠢蠢欲动，对生活的前路不迷茫，已经体验或经历过的感情抑或其他事达到自己预计的分量，决心靠谱而安心地过日子，我想，这就是最好的爱所给的最好的滋养。（佚名）

爱情恰当的模样

跟你绝配的爱人，并不是天然产生的。
你能一见钟情的，并不代表会相处融洽。
相处融洽的，不一定会忠心耿耿。
真正绝配的爱人，其实都是靠打磨而成的。

在你的身边，是否会有这样的好姑娘？

从前的她，会每天穿着舒服的运动装去上班，忙起来连头发都懒得打理，从不知粉底、防晒霜为何物，笑起来“哈、哈、哈、哈”四拍，恨不得露出所有牙齿。

当遇到了自己的男神并成功谈起恋爱的时候，她好像换了一个人一样。每次挽着他出现的时候，她会带着温柔的微笑，画着精致甜美的妆容，踩着几厘米的高跟鞋，穿着摇曳生姿的长裙，矜持可爱。她会恶补时尚杂志，无论加班多晚多累，都会记得定期敷面膜。

这一切，大概都是因为姑娘觉得自己不够好。“每天看着他，那么好的人跟我在一起，都好像是中了大奖一样幸运的感觉。所以，我很努力地想让自己变得好看一点儿，优秀一点儿，才会安心一些，配得上他。”

她像一只绷紧的弹簧，将自己紧紧地拉扯缠绕，小心翼翼地爱着，像是对待一件稀世珍宝。

终于有一天，她又换回了自己最喜欢的运动装，笑起来和从前一样神色飞扬，一切都好像又回到了当初，而她身边坐着的，依然还是她的男神。

据说，恋爱一周年纪念日的那天，也许是因为她太开心了，也许是因为他们喝了不少的红酒，也许是她压抑了自己太久，反正就在某个时刻，她竟然完全忘记了身边的他的存在。她泡好咖啡，穿着舒服的居家睡衣，像从前一样，顶着一头刚洗过乱蓬蓬的头发，打开电视，脚随意地斜搭在沙发上，放肆地享受零食。

不知道在电视剧演到哪一个桥段的时候，她忽然反应过来男神就在一旁，她像是从沉睡中被忽然叫醒的人一般，茫然而窘迫地拂掉身边的零食。而男神正看着她，一言不发，眼神中似乎带着满意的笑，温柔得像是生怕会惊吓到一只迷路的小动物。

似乎所有的爱情都要经过“我——你——我们”这样的过程，从关注自己的感受转移到关注对方的一点一滴，一不小心就用力过猛，直到慢慢磨合，找到两个人最舒适的相处模式。这就像两颗火热的心，在熔炉中慢慢摸索彼此的温度，然后一点一点溶解自己，接纳对方。

跟你绝配的爱人，并不是天然产生的。你能一见钟情的，并不代表会相处融洽。相处融洽的，不一定会忠心耿耿。真正绝配的爱人，其实都是靠打磨而成的。你改一点儿，他改一点儿，虽然大家都失去点儿自我，却可以成为默契的一对。

相爱和相处是两回事，相爱是吸引，而相处是为对方而改变。

年少的时候，总是羡慕电视剧里的爱情，仿佛是打了鸡血一样，爱得惊天动地。听到“平淡的爱”这样的话总会嗤之以鼻，觉得无趣，好像是一盘冷掉的香灰，或是一杯温吞不再冰爽透心的白水，不再诱人，不再曼妙，不再浪漫和新奇，微弱得好像不存在。

可是，爱情原本就是个很娇气的东西，它经不起太多的矫情、你死我活和无理取闹，也经不起任何的拼命伪装、刻意讨好和忍辱负重。

当她拂去所有的惊喜、难以置信和小心翼翼，才是爱情最原本的样子，当她不再刻意感受他的存在，他才真正存在于她的生命。

这或许才是爱情最恰当的模样，就像穿着一双好鞋，你感觉不到它，好像还是光着双脚一样，可它却能陪你去你想去的远方。(陶瓷兔子)

我

文／ 席慕蓉

我喜欢出发，喜欢离开，
喜欢一生中都能有新的梦想，
千山万水，随意行去，
不管，星辰指引的是什么方向。

我喜欢停留，喜欢长久，
喜欢在园里种下棵果树，
静待冬雷春雨，春华秋实。
喜欢生命里只有单纯的盼望，
只有一种安定和缓慢的成长。

我喜欢岁月漂洗过后的颜色，
喜欢那没有唱出来的歌。

我喜欢在夜里写一首长诗，
然后，再来在这清凉的早上，
逐行逐段地检视，
再慢慢删去，
每一个与你有关联的字。

卷四

矫情

身上的温度，

就是你的铠甲

无论去哪儿，什么天气，

都请你务必记得，

带上自己的阳光。

写给自己的第四封情书

愿你可爱

亲爱的自己，
记得，人的内心就像是一块肥沃的土壤，
无论你种下的是爱或者恨，
它都能在这里茁壮地疯长。

亲爱的自己，你首先要知道，人的生命真是一个大大的奇迹，因此，你绝对不该在任何时候以任何理由虚度它。

亲爱的自己，记得，人的内心就像是一块肥沃的土壤，无论你种下的是爱或者恨，它都能在这里茁壮地疯长。

亲爱的自己，想要理解生活就需要往回看，那些回忆有时会令你嘴角上扬，而有时却能让你潸然泪下。但是，要过好生活却必须往前看。所以，你要更关心未来，因为，你的余生都将会是在那里度过。

亲爱的自己，在这世界上，根本没有“怀才不遇”这回事，你的抱怨，只能说明你自己的能力和才华，还撑不起你的野心和责任。

亲爱的自己，当你遭遇挫败，哪怕全世界都要你放弃，或许，你还是可以和自己悄悄说一声：再试一次！

亲爱的自己，你要记得，很多时候，为了获得真正的幸福，我们需要保持足够的耐心，因为真正的幸福也许不会轻易到来，但是，它永远值得等待。在这之前，为了真正在乎你的人，务必懂得节约自己的真心！

亲爱的自己，生命的质量，可能并不在于你活了多久，而是你拥有那些令人怦然心动的精彩瞬间。

亲爱的自己，要试着做最放松的、最特别的自己，不要忽略自己的内心，而去费尽心思地试图让你身边所有的人都对你满意，否则，你可能永远也不会快乐。因为，每个人的性格中都有某些无法让人接受的部分，再美好的人也一样。玫瑰有刺，也正因为它是玫瑰。

所以，不要苛求别人，不要埋怨自己。实际上，也正是因为每个人的一些瑕疵和不完美，人才会变得独特、真实、珍贵、可爱。

亲爱的自己，无论去哪儿，什么天气，都请你务必记得，带上自己的阳光。你必须相信，只要还活着，就一定会有好的事情发生。

身上的温度，就是你的铠甲

爱在左，同情在右，走在生命的两旁，随时撒种，随时开花，
将这一径长途，点缀得香花弥漫，使穿枝拂叶的行人，
踏着荆棘，不觉得痛苦；有泪可落，却不是悲凉。

接到一个朋友的电话，这姑娘正准备把过季的衣服送到干洗店，却在收拾过程中无意在兜里翻出了两张璀璨无比、熠熠生辉的红色人民币。她在电话那头兴奋地跟我讲着，而我难免自动脑补出她神采飞扬、手舞足蹈的神情。她说，为了报答上天对她的厚爱，她决定请我吃火锅。

短短几分钟的通话，让穿着高靴、行走在寒风凛冽且灰雾蒙蒙的大街上的我，倍感温暖。

平常，这姑娘会悄悄告诉你：“我今天去咖啡厅点了一杯卡布奇诺，我厚着脸皮问柜台姑娘能不能送我两块抹茶饼干，她竟然答

应了！”

“我去医院耳鼻喉科看嗓子，遇到了一个特别特别可爱的孩子。我逗了逗她，她只是瞪着大眼睛看着我。她妈妈也特别年轻，微笑着指了指孩子的耳朵，冲我摆了摆手……我那一会儿好难过……”

“我刚才逛超市，看到一瓶不顺眼的旺仔牛奶，我就把它买来喝掉了。”

“我曾经支教过的熊孩子在这次考试中进步了，我给他寄了一张奖状。他的现任老师跟我讲这孩子收到奖状后都不会走路了，整天蹦蹦跳跳。”

“那双你喜欢了好久好久的高靴终于打折了，要不要过来看看？”

“我的小闺蜜生了一个女儿，让我做小姑娘的干妈。我专门跑去看望我的干闺女，想想未来的路上有太多太多美食等待着她我就为她兴奋。”

……

我确实爱这样的姑娘，始终祈祷有一颗透明的心灵，以及会流泪的眼睛；始终怀有一颗赤子之心，对生活充斥着傻乎乎的热爱。仿佛她每日里都在跟生活热恋得风生水起，她极力“讨好”

着生活，所以时时刻刻挂着极富感染力的笑容，对陌生人谦逊有礼，对身边人温情相待，并对生命中每一次的经历尝试与情感体验报以极大的热忱。而生活也似乎在细微之处极力地回馈着她，似乎印证了那句“爱笑的姑娘，运气总不会太差”。

在与生活的这场旷日持久的爱恋中，她的笑点低，泪点也低。她爱得深刻，故爱得卑微，仿佛一颗糖、一盒牛奶就能轻易将她“收买”；她爱得投入，故爱得敏感，似乎擦肩而过的过客也能让她感同身受，并为那些有情人未成眷属、有误会终未消除、善举者未得善果的电视剧情节潸然泪下。

我曾经以为，这样的姑娘就是因为成长过程过于顺利，未曾体味人间冷暖，世间百态，才会对美好有着如此细腻的触摸。她说：“不，没有负重前行，便没有如释重负；没有狼狈不堪，便很难体会幸福感爆棚。”

我才知道，此时此刻我对她的认识是如此片面。

姑娘家境并不佳，大学第一年的学费全凭学校资助的奖学金。她揣着这笔钱，只身一人报到，四年来再也没向家里要过一分钱，甚至还要时不时补贴家里。

“当我银行卡里的钱因为余额不足一百而取不出来的时候，我真的期盼自己可以像很多同龄人一样，哪怕仅有那么一刻，真真切切地感受到有一个殷实家庭可以依赖的安全感。”

她说：“上天眷顾爱人厚德之人，积福多了，自然便幸运了。

她还说：“这个世界上，似乎很多人都在经历着超乎我想象的艰难，而我，长这么大没经历过什么太大风浪，简直幸运至极。”

曾经看到一段话：“女孩子真正富足的状态是见多识广朋友多，会被一件衣服哄得很开心，会因为吃到可口的食物而一扫阴霾，会因为一首好听的歌或一部好看的电影而顿时原谅世界。”

看到这些文字的第一反应，便是想到了上面那个与生活陷入了热恋的姑娘。她总是那么容易宽容和原谅对方，就算生活一时半会儿让她沮丧，她依旧对自己露出微笑，始终不失快乐的信仰。

我曾经问与这姑娘也有过几面之缘的朋友：“你有没有觉得，这姑娘让人感觉特舒服?”

朋友点了点头说：“是，没错。”我说：“果然没错，好姑娘光芒万丈，大家都知道！但你是怎么感受到的?”朋友说：“她长得好看，”半晌又跟了一句，“但相由心生。”

你看，身上的温度，就是一个人最好的铠甲。

所以，我喜欢那些吃份路边摊的美味小吃都要拍照的人，喜欢看到晴天都要感慨生活真好的人，他们总能把日子过得热气腾腾、朝气四溢，和他们在一起，总会被莫名的感染快乐和知足。

做一个能发现平凡而细小的美好的人，远比一个只能被世间美景打动的人要容易幸福得多。远方有再多华美，也不如心中有明媚。

如今的她，有一份称心如意的工作，我们俩围着热气腾腾的火锅大快朵颐。她告诉我，最好吃的火锅底料是蚝油加香油，味道简直鲜美爽滑、齿颊留香。

我一边咀嚼着嘴里的东西，一边随声附和着，莫名其妙又想起高考的时候背得滚瓜烂熟的冰心的话，突然间像有了新的感触——“爱在左，同情在右，走在生命的两旁，随时撒种，随时开花，将这一径长途，点缀得香花弥漫，使穿枝拂叶的行人，踏着荆棘，不觉得痛苦；有泪可落，却不是悲凉。”

这肯定是在描述一个正与生活热恋的姑娘。（刘小甜）

谁 会 为 谁 停 下 脚 步

成长总会教人学会放下与忘记，
而曾经那份伤情和遗憾的情愫，
便是对过往青春最好的祭奠。

村上春树说："从今天起，你要去做一个不动声色的人，不准情绪化，不准偷偷想念，不准回头看，去过自己另外的生活。你要明白，不是所有的鱼，都会生活在同一片海里。"

每个人的青春里都曾有过一段纯白的时光，天真地以为，友谊、爱情，只要坚持、只要彼此相信，便会天长地久，无论相隔多远，无论过去多久。后来你忽然明白，生命里的很多人，其实只是过客而已。

有那么一段时光，人都会开始感慨生命中来来去去的人。所以才会有人这样说："千万不要去翻你和一个人的聊天记录，想着一个人从陌生走近你，然后再陌生。”“你会发现，曾经存在，而后被理所当然地忘记，比从来没有存在过更加悲哀。”“来日陌生的，竟是昨日最亲的某某。”

回想起自己曾经为过客的叹息，多少会觉得有些矫情，可现在想想，青春里，就该有这样一段矫情的时光，有悲伤，爱回忆，念过去。一定要放肆地矫情过，长大后才明白，人的情感其实都是有期限的，爱、憎、恨，这世间所有的感情都有期限，过了这个期限，一切都化作了似水流年。

伤情是因为遗憾，因为不舍，因为对感情长久的天真与痴想，而过了这个期限，人自然不会再这般矫情。过了那个年龄，人也不会再天真，不会再单纯，不会再那般固执地相信。

会有朋友抱怨，为什么大家越来越忙，见一面都难，可等到真的相见后却发现，去年还无话不说的人，如今却无话可说。

每当想起这些人，心中定会有万分的遗憾和千分的不舍，总不甘接受这已经成为现实的形同陌路，总是固执地想找到答案：时光究竟是如何把曾经形影不离的两个人变得陌生？为何生命中铭刻过的痕迹会这般浅薄，只不过一个春夏秋冬的时间，就会消失殆尽？

站在二十出头、奔向三十的年龄，当踏出校园，第一次直面现实的社会，你发现，身边的人再也找不到曾经那般真挚的感觉，似乎每段友谊都掺杂了利益的成分，每段感情都混入了现实的味道，每个人的内心都无法躲避地被物质和权力熏染着。再没有人，单纯为了你而驻足，即便停下，也只是片刻。

其实，他们并非不愿，只是长大后的我们，身上背负了太多生活的责任，有着太多的无可奈何。每个人，都开始自顾自地奔向未来，所有人都在提醒我们一定要快点儿跑，再快点儿。为了有能力保护自己，为了那所谓的成功与好的生活。

你看着身边来来往往的身影，在你生命中肆意而为地穿梭，给你欢笑和伤痛，让你欣喜或难过，可最后都残忍地转身离去，各奔前程。你只是想要有个人能为你停下，听听彼此的故事，分享彼此的苦乐。可其实我们都明白，你又可会再像年少时那般真心地对人？

你预见到了再不奋起努力的悲惨结局，你告诉自己必须努力向前奔跑，身边有那么多比你优秀的人，你害怕被他人甩在后面，你没有时间驻足，没有时间恻隐。你终于明白，你有你的未来，有自己的要走的路。你开始学会贮藏自己的情感，少一点儿期盼，就少一点儿失望；少一点儿偏执，就少一点儿伤害。

成长剥夺了曾经那些所有矫情与稚嫩的情感，冷却了我们身上的温度。你终于学会，不会再对一个人倾之所有，不会再轻易对一个人敞开心扉，不会再为一个人倾注过多的时间与精力。不知从何时起，我们似乎失去了等待和耐心爱一个人的能力，只是马不停蹄地奔向自己的未来。也不知是摒弃了矫情，还是学会了冷漠。

然而，成长的速度，总要有人快，有人慢，我们无法奢望找到和自己完全同频率的人。而长大后的你，已不是那个可以任意挥霍时间和情感的少年，已不再需要很多人停下脚步来陪伴你，始终要学会自己来陪伴自己。

这个世上，梦想和痛楚都是冷暖自知的事，你总得习惯独自去经历和承受。追逐梦想的道路注定是孤独的旅程，每个人肩上都背负着你看不到的责任，每个人心中，都藏着你听不到的苦衷，你不能再需要旁人的帮助与施舍，也不必再抱怨他人的冷漠与离去。前方的荆棘，要由你自己来踏平；沿途的伤痛，要由你自己承担。

你的人生是你的，你有权利选择，便有义务独自承受一切。

青葱岁月，总有一天会无声无息地深埋心海，那些青春里可爱的人，也只得挥手别过。

有一天，当别人在和你感慨为何昔日的朋友都已成为过客，你也会对着这样的小情怀说：“总有一天你会看淡，并且也开始习惯，习惯做他人生命里的过眼烟云。”

成长总会教人学会放下与忘记，而曾经那份伤情和遗憾的情愫，便是对过往青春最好的祭奠。（陈亚豪）

记住别人给我们的糖

你的好对别人来说就像一颗糖，吃了就没了；
你的坏对别人来说就像一个疤痕，留下就永久在。这就是人性。
我们只能把握自己内心的纯洁，记住别人给我们的糖，而非疤痕。

二十岁出头的女孩，大概是世界上最纠结的一种生物。

似乎全世界都愿意告诉她们，你们现在是最耀眼的太阳，是女人最黄金的时刻，经历着人生最美丽的一段路途，诸如此类。如果夸张一点儿说，这让二十岁的姑娘恨不得觉得只要往前踏一步，全世界就都是她的了。

可是，多数人会发现，自己并不像所畅想的那么美，身材一般，长相一般，学历一般。世界变得跟从前所想的不一样，根本没有王子，她没有成为那个可以开着红色跑车、浑身亮闪闪的名牌、每周跟各种姐妹聚会聊天唱歌的女生，也没过上和要好的姐妹合租一间大大的公寓，白天快快乐乐去上班，晚上在家一起做饭、遛宠物这种“凡俗日子”。

然后，她开始对未来既有渴望，又有畏惧。想去更大的天地追求梦想，又怕丢了现有的爱情。但若固守爱情，又怕漫漫人生路上心有不甘，怕贫贱夫妻百事哀。走哪条路都有不舍和顾忌，总是纠结自己到底要做个干得好的女人，还是嫁得好的女人。

当然，或许要到许多年后她们才会知道，自己当时真是想太多了。

如果你既追求人生价值，又追求爱情，我想说，完全可以，一点儿都不矛盾啊！只要你搞清这其中的轻重缓急，就没必要把这两者看成对立，并不是追求了一个，就要放弃另一个。为什么你会觉得对立呢？如果那个男人和你的梦想对立，那么你自己说，他究竟适不适合你？

所以，你要么爱他超过你自己，那么他开心了，你自然也会开心了，不是吗？

要么，你爱自己超过爱他，那么，等到你实现自己人生价值时，就算他不在身边了你也没什么可后悔，顶多日后坐在咖啡馆里笑一笑感慨，“普通的人生有普通的遗憾，丰富的人生有丰富的遗憾。”

其实，慢慢地你就会懂，你的好对别人来说就像一颗糖，吃了就没了；你的坏对别人来说就像一个疤痕，留下就永久在。这就是人性。我们只能把握自己内心的纯洁，记住别人给我们的糖，而非疤痕。这样的世界，才是我们真正想要创造的世界。(仇小丫)

愿你能成为自己喜欢的模样

岁月带走的，必然会用其他方式补偿给你，
比如学识，比如阅历，比如那一份淡然和宁静。

二十几岁的年纪，总是有大大小小的烦恼涌过来，青春、梦想、事业、友情、爱情、孤独……因为我们都在尝试着，想要去开辟一条自己真正喜欢的路。而我，觉得自己从来没有过得安心。

现在的我，有一份可以让自己经济独立又能获得些许成就感的工作；有一对爱我又十分开明的父母；有几个即使我耍耍性子不接电话，也会包容我的死党；有每年可以自己安排的长途旅行。

最重要的，我找到了我热爱并愿意全心去经营的喜好之事，而且还有想要达到的明确目标在前方指引着我。

最暗的夜，渐渐开始有了星辰和微光。

虽然一没结婚，二没男友，但是，结束单身应该是因为遇到了那个你想要和他一辈子在一起的人了，而不是因为所谓的时间到了吧。

我很感激爱过我的男孩，他让我知道，我是这个世界上独一无二的存在；我也感激我爱过的男孩，他让我学会了爱他人的能力。

世上有多少的好女孩都乐观开朗，不屈不挠，不怨天尤人，也不自怨自艾。她们会开着玩笑，说越是没人爱越要爱自己。后来，这些女孩都能找到比她们自己更爱她们的人。

她们也从来不会以胜利者的姿势，和别人说“你抓紧啊”“赶快找个人啊”之类的话，因为她们都经历并清楚地知道在那个人出现之前的磕磕碰碰和艰难坎坷。所以，她们会说“不必急，属于你的花，自会盛开”。

以后，公司里的年轻人会越来越多，周围人对你的称呼也会从“小×”，慢慢变成“×姐”。其实，照镜子的时候难免也会怕，怕自己的眼角有一天忽然会出现细细的皱纹，怕自己的黑眼圈再也消不下去。

但是，岁月带走的，必然会用其他方式补偿给你，比如学识，比如阅历，比如那一份淡然和宁静。在我的内心，我依然相信有个人会说，我喜欢你，并不仅仅是因为你外表的模样。

“我喜欢深存感恩之心又独自远行的女人。知道谢父母，却不盲从；知道谢天地，却不自恋；知道谢朋友，却不依赖；知道谢每一粒种子、每一缕清风，也知道要早起播种和御风而行。”我喜欢这句话。

不管有没有遇到了对的那个人，希望，每个女孩都能成为自己喜欢的模样。（宛小诺）

接受不被点赞的人生

不痛苦不人生，关键是你是否痛得起，输得起。
逆境中的一小步都是最重要的一步，
一切非议和挫折只是说明未到收获期而已。

有人说，年轻人遇上一个最好的时代，旧有游戏规则在瓦解，看上去每个人都有机会，草根都能逆袭。但成功的定义、模式和路径又变得不那么确定和清晰。

但可以肯定的是，成功不是随随便便的事。在挫折或者外界的质疑下，我们焦虑、躁动、迷惘，甚至迷失。

我们该如何是好？

我们一天到晚都在刷微博、看微信、晒照片、发动态，社会上有一点儿风吹草动，不用三分钟所有的人都会知道，继而是铺天盖地的吐槽。

我们在社交网络下成长起来，无时无刻不在晒自己，同时窥视着他人，我们去急迫地数有多少点赞。因此变得非常矛盾：一方面标榜自我的独特个性，另一方面，又极度需要获得他人的认可。

我们变得敏感，对外部世界的评价杯弓蛇影；变得迷茫，陷入对他人展现出来的生活的羡慕、嫉妒之中；变得脆弱，经受不住孤独与痛苦的考验；变得焦虑，认不清到底何谓更好的未来。

我们该如何是好？

这是一个最好的时代，也是一个最坏的时代，有人可以年少成名，也有人可以大器晚成。

你羡慕年少成名的蒋方舟，而她在微博《抗敏感，不惶恐》中说，年少成名并未给她带来无坚不摧的外壳，相反的，这让她更早地开始在意外界的议论和评价。她也跟普通少女一样，稍微一发胖就惶恐，就恨不得三天减肥，四天节食，云云。

“我们对他人的意见过于敏感，无法忍受不被点赞的人生。”

但是，人生苦短，人总不能活在外界的声音和眼光里面。太敏感是种病，它会摧毁你所有的幸福。

你看到的是现在功成名就、张弛有度、泰然自若的吴秀波，而之前四十多年的那个笑称“三百六十行干过两百行”的吴秀波你没有看到，酒吧驻唱，下海经商，开过七家餐厅，做过酒吧、美容院、服装店，给别人做经纪人……

不痛苦不人生，关键是你是否痛得起，输得起。逆境中的一小步都是最重要的一步，一切非议和挫折只是说明未到收获期而已。

“一蓑烟雨任平生，回首向来萧瑟处，归去，也无风雨也无晴。”美则美矣，然而，哪来那么多风雨、那么多敏感？坚守初心，便是晴天。（佚名）

不和自己矫情

评价体系大多以他人为基准，牛气、成功、优秀……
但是没人问过，我们的心指向哪里？
没人问过，我们有没有照顾好自己的心？

二十岁的年轻人，对这个世界有太多的迷茫，也一样有太多的期待和野心。于是，一些所谓“牛气”的人，就成了标杆一样的存在，到处闪耀着光环，熠熠生辉。

很多人都说，这是一个特别悲凉的时代，我们去认识一个人的时候，一定要从标签认起：某某，毕业于某某高校，供职于某某知名企业，拿着多少的年薪，开着什么牌子的名车，住着多大的房子……然后以此为标准，去衡量一个人。

当所有的形容词和数量词都达到一个很高的程度时，我们就会觉得，嗯，这人真牛！然后，开始用特殊待遇去对待他，不管他说什么都是口吐莲花，不管他做什么都会让人如沐春风。

二十多年的人生里，我们一直被灌输着的思想，也是要成为一个同样牛气的人。可是，如果以上这些标准被称为牛气，那么，可能很多人穷其一生都没法变得牛气，因为这个世界金字塔尖的位置只有那么多。

到底什么是牛气？什么样的人算是牛气的人？什么样的人生算是牛气的人生？在出现了太多被贴着各种“牛气”标签的人之后，在听到任何“牛气”事迹都有点儿无感了的时候，难免开始认真地问自己，什么是牛气？

看到无数类似“高富帅”“白富美”之类的回答后，我终于看到了不一样的答案：“一辈子坚持一件事但又不论成败的人”“证明了自己又回去乖乖过日子的人”“心里的爱像源泉一样的人”“热爱生活的人”……

看到这些答案的时候，我才有了一种温暖的感觉，一种被点中要害的感觉。我并不太想听你说，你上了哪所学校，你做了什么项目，你成就了怎样一番伟业。而是，你和我面对面地坐着，你是一个怎么样的人？你经历了什么？你为什么而高兴？你为什么而流泪？

你会发现，好多所谓牛气的人，牛气只是他的外壳，是他花了好多心血装饰的假面，是装出来的体体面面的底气。

喜欢一个人，我们纠结要不要表白，会不会被拒绝，会不会失掉；爱一个人，我们纠结万一最后没在一起，不就死得很难看？想享受间隔年，我们纠结万一找不到工作怎么办，万一毕不了业怎么办？有一个别人觉得不靠谱的梦想，我们纠结万一该干的没干，干了的又没干好，不就傻眼了？甚至，连在阳光明媚的春日，给陌生人一个微笑都会纠结：万一对他微笑人家不理我不就尴尬了……

普通人这样，所谓牛气的人更是如此，因为有太多头衔压着。

只接受生命美好的一面，只展现人最优秀的品质，怎么能做到呢？全世界都是要打败的对象，到处都是虎视眈眈要和他一决高下的人，怎么能轻松呢？

如果我就是喜欢在路边摊吃臭豆腐，我看到喜欢的东西会张大嘴巴呆呆地望，我讲冷笑话时会自己先笑得抽过去……让我那样拧巴地生活，会疯的吧。

用跆拳道来类比：靠努力和实力来打败一个一个的对手，不断晋级，不断挑战，直到站到最高的位置。可是这是跆拳道的道数吗？我不太懂，但是所有的对手都被打败了呢？然后呢？

评价体系大多以他人为基准，牛气、成功、优秀……但是没人问过，我们的心指向哪里？没人问过，我们有没有照顾好自己的心？

别人说你好优秀，是否努力，只有你自己知道；别人说你的成就突出，是否高兴，只有你自己知道。你都没有让自己的心舒服，算牛气吗？

我更想成为那种能够不和自己拧巴，也让别人舒服的人，不和自己拧巴，才是真牛气。

《美食、祈祷和恋爱》(Eat,Pray,Love) 描写了一位成功的女作家到中年时，突然在一个夜晚，崩溃在浴室里。没有原因，只是她觉得这不是她想要的生活和婚姻。在结束了离婚诉讼和一次以毒攻毒的错误恋情后，她放下了手头的一切工作出发去旅行。在意大利不顾形象和体重地享受饕餮盛宴；在印度守戒灵修，认识自己，学着去接受完整的自己；在印度尼西亚巴厘岛，最终收获爱情的故事。

经过一段沉默不语审视自己的日子，在海滩禅坐的第九天，不光是那个讨人喜欢的自己，她开始回顾之所以哀伤的一切原因，没有压抑。

她写道：“所有哀伤的想法与回忆随之一一抬头，站起身来自报姓名。我注视每一种想法，每一份哀伤，我对它们的存在表示认可，感觉到它们的剧痛。而后，我对哀伤说，‘没事。我爱你。我接受你。现在进来我的心吧，都过去了。’我真的感觉到哀伤进入我的心。就这样，忧愁、愤怒……包括最困难的羞愧的事——卑贱的失败、谎言、自私、嫉妒、傲慢……她一一重新体会、接受、安抚它们。”

“这一切都结束之后，我已成空。我心中不再有任何争斗。我探查自己的心，审查自己的美德，我看见内心的容量。我看见我的心甚至尚未饱和，甚至在收容那些不幸的哀伤、愤怒与羞愧之后；我的心可以轻而易举地接受更多，宽容更多。它的爱无穷无尽。那时我才明白，宇宙间没有所谓地狱这回事，或许除了在我们自己饱受惊吓的内心当中才有。”

或许，这种平静、不拧巴的状态，才叫作牛气。

特别喜欢《美食、祈祷和恋爱》中，巫师赖爷画的那幅画：

雌雄同体的人，合拢双手，站着祈祷。这个人有四条腿，没有头，原本是脑袋的地方，只有蔓生的花叶。一张微笑的小脸画在心脏处。他说："想找到你要的平衡，你必须变成这样。你必须坚定地踩在地上，就像你有四条腿，不是两条。这样才可能待在世上。但你不能通过脑袋看世界，而是透过心去看才成。如此，才可能了解神。"（佚名）

生活不一定在别处

生活不一定在别处，
当我们将全部希望和幻想寄托在一个虚无的新环境时，
可能，我们早已忘却“生活在这里”的能力。

前不久，我收到一位朋友从台北寄来明信片，正面是雄伟的101大厦，背面却只潦草写着“不多说了，在赶飞机”。回来的时候我去机场接她，问到台北的感受如何，她带着一脸倦容说，人太多，行程又紧张，很多景点都只是走马观花，照片都没拍几张。

实在难以描述在她语气中的失落，有不甘，有无奈，更多的是累。

你看，明明是去度假，却让自己累成了一匹马。在此之前，她何尝不是抱着摆脱都市生活、躲到远方旅行、换个角度看世界的想法，然而，这种急匆匆的经历，除了满心的疲累，我实在想不出可以有什么收获。

事实上，我认识的许多人都是这样，在城市里一天天觉得毫无乐趣，枯燥乏味，犹如困兽，却以为去遥远的地方旅行，就会神采焕发，活灵活现；

相同的工作做上一年半载，就开始怀疑是在蹉跎人生，却以为换家公司换个环境，就可以寻找到青春的激情、丰富的见闻和源源不断的新鲜感。

在感情上，这种毫无逻辑的心理表现得更加淋漓尽致。遇见心仪的对象，睡前辗转反侧，脑补无数种同她在一起的甜蜜场景，自以为天造地设，然而真正走到一起，却发现她矫情做作，爱慕虚荣，方才如大梦初醒，悔之晚矣。

“生活在别处。”诗人兰波的这句话经由米兰·昆德拉而使世人皆知。都市中的你我他，在一成不变的生活中求生存，难免会幻想“在别处”的美好，那儿有清新空气恬静生活，有高薪待遇闲暇时光，更有簇新的梦想，有志同道合的人群。

记得念书的时候，我们的“天敌”是父母口中别人家的孩子。不久你谈恋爱了，“天敌”变成了恋人言语中别人家的男朋友。没想到不知不觉中，我们已经为自己设好了来自同一星球的天敌——别处的生活。

看完无数种版本的励志电影和书籍，我们自以为掌握了改变命运的咒语，学会不停地规劝自己和别人，换个工作，换个女友，换个城市，换种人生，用改变带来的可能性，来告解心中的压抑，却从未想过，此刻压抑着你的未必是当下的生活。

这种情况被我笑称为“在别处症候群”，在同一个环境待得越久，越会产生抵触的情绪和对别处生活的向往。但这种向往，只是你对现实的失望和逃避，即使去到别处，也未必能获得理想中的生活，你只是像个赌徒般，沉溺在那无数种可能性之中而已。

我们习惯了时刻绷紧弦待命，哪怕是周末，也像是在与时间赛跑，两点约了朋友喝茶所以一点就要出发，因为怕堵；五点必须吃完晚饭，否则就赶不上六点半的电影开场。我们也厌倦这种枯燥的三点一线，以为在别处就可以摆脱所有的烦恼。

但别忘了，在同样的城市里，有人下班路上会花点儿时间观察蚂蚁搬家，也有人，不管在纽约、巴黎、东京，还是都一样拼命赶时间，仿佛浪费一丁点儿就是罪过。

生活不一定在别处，当我们将全部希望和幻想寄托在一个虚无的新环境时，可能，我们早已忘却“生活在这里”的能力。

其实，不被生活改变，亦不放过丝毫享受生活的机会，也许，这才是生活真正的模样。

微博上有人讲，现代人个个都有选择困难症，在上海向往北京的烤鸭，在北京惦记广州的早茶，在广州垂涎重庆的火锅，在重庆梦到西安的肉夹馍，然而，被我们在一次次向往和踟蹰中浪费掉的，绝不止是光阴。（姬霄）

矫 情 地 成 熟 了

这城市足够大，大到可以容忍你的一切怪癖和习惯，
或者，不是容忍，而是无视。

你约人吃饭，因为不知道说什么的时候还能低头夹菜，看看手机；

你约人看电影，因为不必说什么，只要静静地看别人的生活和故事；

你约人逛街，因为总有些新的产品上市，可以聊一聊，试一试；

你约人唱歌，因为不用背歌词，只用对着屏幕唱出来就好。

喜欢去超市，拿完东西刷卡付账就好，不用和人讨价还价；

喜欢去咖啡馆，做自己的事，和周围人无关；

喜欢去健身房，跑步或者练器械，一见到有人走近就默默走开；

喜欢去书店，这本翻一翻，那本看一看，回家后再从网上买回来。

这城市足够大，大到可以容忍你的一切怪癖和习惯，或者，不是容忍，而是无视。

人们都忙碌于自己的生活，把冷漠说成对隐私的尊重，“挺好的”“没事吧”“那就好”“还行”……大家都这么说，于是，你这么说。那些找你诉苦的人，倾倒完苦水，又离开你，继续前行，而你也不怎么在意，因为你只是装作在听。

你住在很大的城市里，却过着一个人的生活；

你周围不缺朋友，却似乎无人倾诉，而你也习惯了沉默；

你去排名靠前的餐厅，味道还不错，却似乎缺了那么一点儿什么；

你看最新的电影，感动转瞬即逝，变成对另一部的期待；

你很久没有看过新闻，渐渐忽略城里在发生着什么。

房间里的东西越来越多，行走的范围越来越小；

去过的地方越来越多，记忆深刻的越来越少；

工资越来越多，朋友越来越少；

要做和能做的事越来越多，真正去做的越来越少。

从前攒好久钱才买得起的礼物，现在努努力就能买下，却不会再为此兴奋一整月；

从前觉得有人管着很烦，现在觉得自由也是种孤独，但却又不愿失去自由；

从前还会做梦还会计划要去哪里，要做什么，现在不知要等到何时才有空。

有多久忘了抬头看看天空的云；

有多久忘了低头看看路边的花；

有多久忘了去想从前爱过的人，偶尔触碰回忆却只剩无奈，不再疼痛；

有多久忘了给父母主动打个电话，关心他们，而不是一直盼他们别再唠叨。

懒得改变，懒得理会，懒得动弹，懒得主动。

人，大概就是这样慢慢长大。生活在人群里，又和人群隔得很远，自我保护和戒备，怕靠得太近，伤害彼此。

看吧，我们都这样，矫情地成熟了。

其实，不用怀念从前，现在也会变成令你怀念的从前。但生活总是越过越好的，即使再没有那样倾心相爱的人，再没有那样全情以待的朋友，再没有那样疯狂付出的岁月，但是，有这么多好的从前让我们走到现在，那么，未来也一定不坏。（佚名）

世界不是你一个人的

今日的你，是你过去习惯的结果；
今日的习惯，将会是你明日的命运。
十年后的你，可能会感谢十年前这么努力的你，
也会鄙视这么娇气、矫情的你。

这世界不是你一个人的，不可能所有幸福的方面都被你一人所占有。

世界是大家的，资源有限，上帝要分配给所有人。他很公平，给了你一方面的顺利和幸福，就会给你一方面的不幸福和不顺利。心态放平放宽，是你的终究是你的，不是你的，再怨念、再哀伤也不是你的。

人生就像一场长跑，跑得太快，容易后劲不足；跑得太慢，就会落伍；中途退出，就会断送以前的努力；不参加，根本就没有赢得比赛的机会。

今日的你，是你过去习惯的结果；今日的习惯，将会是你明日的命运。十年后的你，可能会感谢十年前这么努力的你，也会鄙视这么娇气、矫情的你。

年轻的人，可以别奢望太顺利，今天的追求和欲望如果没得到，很可能是好事，太顺利了容易不知天高地厚。不那么顺利，你才可能对别人感同身受，不趾高气扬，不优越，不盛气凌人。于是，你才可能比较接地气。

事实上，你只需要专注于手中的事，我们都是活给自己的，很少有人真的在意你，把你放在心上。很多时候，我们会不自觉地随大流，然后把自己弄的很忙、很累，然后我们自己会很感动，会觉得我付出这么多，却得到这么少，甚至什么都没得到，太不公平了。

很多姑娘可能会跟闺蜜抱怨她们遇人不淑，她付出多少，牺牲多少，奉献多少，可老天爷却让她碰到一个“渣男”，让她伤心流泪，让她饱受伤害，让她生不如死。

可是，她们却忽视了，相伴终生这件事的重点是人，你得先把人找对了，再说付出、牺牲、奉献的事。

做事情之前不妨好好地想想，把事情琢磨明白了再行动。其实，只要你自己梳理明白了，找到方向，就能把自己想做的事做成了。之所以说选择大于努力，很大程度上是方向对了，才能达到目标；方向不对，你走的时间越长，离目标越远。

停下来，好好想想再干活，瞎忙只是感动了自己。不要急于攀附，所有的攀附都不能代表你自己的价值，你的价值只在于你做了什么，怎么做。（菲瑜）

没有谁的幸福值得羡慕

每个人都是宇宙空间里的小行星，都有自己的预定轨道和生活方式，
你不可能成为别人，别人也不可能成为你，
你的生活别人不能复制，别人的生活也不可能适合你。

吉米说：一个人总是仰望和羡慕着别人的幸福，一回头，却发现自己正被仰望和羡慕着，其实每个人都是幸福的。只是，你的幸福，常常在别人的眼里。

仔细想想，觉得蛮有道理。

现实的生活中，我们总是自觉或不自觉地羡慕别人的生活，都在红尘之中摸爬滚打，都是世俗之人，谁也不比谁清高多少。

男人通常会羡慕那些事业上比自己成功的人，女人通常会羡慕那些家庭生活比自己幸福的人，老人们通常会羡慕别人的儿女有出息，孩子们只会与孩子们比较，羡慕人家坐的车，羡慕人家

的钱多得花不完……愤慨失衡之际，我们也离快乐越来越远。

总是羡慕着别人的生活，忽视着自己的日子，总觉得别人都比自己幸福，因为我们与别人的生活比较的时候，眼睛总是向上看，参考系数总是最大化，以仰望的姿态，参考那些至少看上去比你幸福、比你快乐的人。

如果这样把自己圈进死胡同，无限抬高底线，逼迫自己就范，承受不应有的烦恼，生活还有什么意思？再说，那些看上去幸福快乐的人，就真的没有烦恼和郁闷吗？真的值得我们去羡慕吗？

其实，没有谁的生活值得我们羡慕，每个人都是宇宙空间里的小行星，都有自己的预定轨道和生活方式，你不可能成为别人，别人也不可能成为你，你的生活别人不能复制，别人的生活也不可能适合你，过好自己的日子，才是最现实的。

那些事业成功的人不见得就没有烦恼，他们要承受比常人多得多的负担和压力，你看到的是凤凰涅槃，飞翔的姿态，你没有看到的，是成功过程中的隐忍和磨难，大起大落的戏剧效果，还需要更为坚强的心理承受能力。

那些家庭幸福的女人也未必就没有困顿，人前风光鲜活，人后一样会因为这样或那样的事情而生气，一样会吵架，一样会有烦恼，你羡慕她的老公能赚很多钱，她却羡慕你的老公体贴、能干、会为你烧饭。

千万不要拿自己的父母和别人比，你羡慕人家的父母职位高能赚钱，人家却羡慕你的父母和蔼可亲、温暖厚道。这世间，很多事都可以选择，而有什么样的父母却是不能选择的事情。

你的幸福，常常在别人的眼睛里，透过别人的眼睛折射出来的光芒，你会看到，那些光芒中反射回来的，是你的幸福。

就像这世间没有任何两片树叶的纹理是一样的，幸福与幸福也不尽相同，没有一个人的生活会和别人重复，我们在仰望别人的幸福的同时，别人也是以同样的姿态回望我们，没有谁的生活值得羡慕。过好自己的日子，才最重要。（积雪草）

命运必会厚待那些认真生活的人

终于，给既定的人生交出一张满意的答案，
才有资格把自己想要的生活经营得繁花似锦。

“生命，就应该浪费在美好的事物上。”

这句话来自台湾曼士德咖啡，是4A公司的杰作。她穿越了岁月的长河，跨越了行业的维度，十几年间经久不衰。

好的语言，好的文章，会有生命力，自出生那一刻起，它便不再属于作者，它自己有腿，它能走多远，完全取决于自己。而这句话无疑是长跑冠军，很多人喜欢，包括我。

你想象着，自己在每一个清晨自然醒来，窝在被窝里看着厚厚的窗帘猜测今天的天气。在把昨晚的美梦彻彻底底回忆完一遍以后，满足地到窗边一把拉开帘子，整整一窗子的阳光放肆地照射进来，从脸上一直暖到心里。于是，就这么贪恋着这温暖，在这阳光里，慢慢苏醒。或者，赶上的是一个阴雨天，那就让咖啡弥漫整个房间，用屋里的安逸抵挡外界的阴霾。

你还要去远足，像你少女时代的偶像三毛那样，背起行囊，把她走过的路全走一遍，夜里躺在撒哈拉的沙漠上听一听，那些沙子到底会不会哭泣。

可现实是，你每天不得不在六点半的时候被闹钟虐醒，打仗一般地洗漱完毕，化妆梳头，“战袍”加身，抓起一块面包、一包牛奶，发动车子，投身在滚滚的堵车洪流中去。在污浊的空气和烦躁的情绪中穿行，间或还穿插进来几个电话。

终于，一个半小时之后，你到达了公司。在紧张的抢车位游戏结束后，你照一照镜子，补一补口红，精神抖擞地走向电梯，假装你刚才不是经过了一场长途跋涉，而是刚刚做完一个 SPA。

接下来的一天，你或是埋头于一堆报表和数字里；或是厮杀在谈判桌上；或是强忍着怒火，向客户一遍一遍地解释说明；或是浪费十万个脑细胞，和老板软磨硬泡一项市场支持；或是苦口婆心地教导一个忠诚但笨拙的新员工如何去完成指标。

更让人抓狂的是，你有可能还会接到家里人的电话，说妈妈的老毛病忽然犯了，你得赶快回去一趟；有可能是你的闺蜜，也有可能是你的男朋友状况频出：我出差忘带身份证了，你能不能让人给我送一趟。

直到有一天，你看到了这句：“生命，就应该浪费在美好的事物上。”

你知道，那种淡然恬适深深地刺激了你。因为世界上会有那样一种人，读书、种花、旅行……不用说自己不想说的话，不用刻意经营关系，不用在焦虑中入睡，然后被闹钟唤醒。她做自己喜欢做的事情，躺在自己的本性里，舒适，随意，自由自在。你忽然想起来，这才是你想要的生活啊。

你想要改变吗？也许你能，也许你不能。

其实，在今天悠闲自在、与世无争的日子之前，她大概也走过一段所谓拧巴的人生，为了今天可以把时间浪费在美好的事物上，她曾付出多年的努力、坚持和不情愿。终于，给既定的人生交出一张满意的答案，才有资格把自己想要的生活经营得繁花似锦。

生活，就是这么现实。而事实上，有些人讨厌的不是现实的生活，而是追求现实生活带来的辛苦，有些人迷恋的不是那些美好的事物，而是享受美好的事物带来的舒适。做自己喜欢做的事情，只是给逃避当下痛苦生活找来的一个借口。

鸡汤虽好，也得搭配碳水化合物和蔬菜，否则还是会营养不良。广告词虽好，但那就是一种理想的生活状态，因为难得，而显得珍贵。

如果以上内容还不足以让你撩开鸡汤上面的浮油，看清碗底的现实，那么，吴晓波的一席话或许能给你卸去最后的妆容，直见本质。

吴晓波说，今日中国的90后，是这个国家近百年来，第一批和平年代的中产阶级家庭子弟，他们第一次有权利也有能力选择自己喜欢的生活方式和工作，甚至可以只与兴趣和美好有关，而无关乎物质与报酬。它们还与前途、成就、名利没有太大的关系，只要你喜欢。

把这段话解释得直白一点儿就是：女儿，做你喜欢做的事，爹养你。为女儿做出这样的表态，吴晓波不是第一个。王朔说过，韩寒也说过。

人，从一出生就注定有所不同，谁一开始都是站在父母的肩上看世界，无论是物质，还是精神。然而，客观的现实和这样直截了当地为儿女背书毕竟不同。如果你的父母不是吴晓波，不是王朔，不是韩寒，你绝做不到这么潇洒。每个人都想跟随自己的内心，做自己喜欢做的事情，但为这种生活买单的人，应该是我们自己。

我倾慕有能力、有想法的女孩，追寻自己的内心，过自己想要的生活。但我更敬重这样的女孩：她们把美好放在心里，却在琐碎家事和繁忙工作中，挥洒她们的汗水；她们向往诗和远方，也用心经营眼前的天地；她们内心丰盈，乐于付出，孝顺父母，毫不矫情；她们把梦想当作现实生活的强心针，而不是逃避现在的安慰剂。

命运必会厚待那些认真生活的人。你会看到，距离想要的那个自己，越来越近。（小莉）

苦，会越诉越苦的

苦难、困惑、心酸，谁都有，无一例外。
究竟是让这沧桑变成眼里的坚毅，还是别人眼里的笑话，
取决于你的选择。

年轻人都有哪些苦水呢？生活艰难，工作不满意，父母不理解，朋友不相信，梦想照不进现实，感到自己特无力。听过很多人，平时经常会讲困惑、讲抱怨、讲委屈，仿佛整个世界都负了他，仿佛自己的人生哪儿哪儿都是坑。

可是，哪个年轻人不是这样挣扎着，走过自己看似最糟糕、最辛苦，但日后回想起来或许正是最值得的这段时光呢？很多人觉得，那些看上去很好的人，他们的生活一定没什么迷茫和烦恼，他们才是人生的幸运儿。但事实上，每个人都是一样的，只是别人的苦没说出来没让你看到罢了。

所以，控诉就好比对这个世界挥拳，不论你多么用力，都是打在棉花上——平白消耗。纵使别人体谅你，对改善你生活的意义又在哪里？

如果你觉得自己人生不顺，对别人道道不如意和别人的辜负，别人会觉得你很厉害，不成功不是你的错？——成功的人会把诉苦的时间用来努力解决问题。

如果婚姻不好，指责控诉别人，别人会觉得你是个好伴侣但只是所遇非人？——谁能相信，和这么爱埋怨、满满负能量的你在一起会有幸福？

总有一天你会明白，这个世界是不听解释的，它只是默默在看着，让时间转出结果印证一切。

苦难、困惑、心酸，谁都有，无一例外。究竟是让这沧桑变成眼里的坚毅，还是别人眼里的笑话，取决于你的选择。我只能告诉你：别太爱诉苦了，苦会越诉越苦的。没人有责任给你答疑解惑，没人愿意听你倾诉负面的话语。

不要让未来的你，讨厌现在的自己，成功只配得上勇敢的行动派。别让你的青春浸泡在抱怨和倾诉中，也别让每一次朋友聚会变成祥林嫂集合。如果你不想被负能量所包围，那就试着聊一点儿振奋人心的话题，向周围的人汲取更多的正能量，让自己的眼睛里也能闪着亮晶晶的光芒。

试试看，每天早晨醒来对自己说一个让自己愉快的好消息。你是什么样的人，就会吸引怎样的人来到你身旁。

你给生活欢颜，它才会赠予你风景。（佚名）

我和这个世界不熟

文/ 佚名

我和这个世界不熟，
这并非是我安静的原因。
我依旧有很多问题，
问南方，问故里，问希望，问距离。

我和这个世界不熟，
这并非是我绝望的原因。
我依旧有很多热情，
给分开，给死亡，给昨天，给安寂。

我和这个世界不熟，
这并非是我虚假的原因。
我依旧有很多真诚，
离不开，放不下，活下去，爱得起。

我和这个世界不熟，
这并非是我孤寂的原因。
我依旧有很多诉求，
需慰藉，待分享，惹心烦，告诉你。

我和这个世界不熟，
这并非是我冷漠的原因。
我依旧有很多动情，
为时间，为白云，为天黑，为天命。

我和这个世界不熟，
这并非是我逃避的原因。
我依旧有很多憧憬，
对梦想，对记忆，对失败，对希冀。

我和这个世界不熟，
这并非是我卑微的原因。
我依旧有很多勇敢，
不信输，不信神，不信天，不信地。

我和这个世界不熟，
这并非是我失落的原因。
我依旧有很多高昂，
有存在，有价值，有独特，有意义。

我和这个世界不熟，
这并非是我迷茫的原因。
我依旧有很多方向，
往前走，回头望，会跳跃，会停息。

我和这个世界不熟，
这并非是我撕裂的原因。
我依旧有很多完整，
至少，我要成全我自己。

卷五

明天

你为什么必须成为更好的人

看不到太阳，就成为太阳；

成不了太阳，就追着太阳。

有时候感到寸步难行，也许是你已长了翅膀，

却不相信自己可以飞翔。

写给自己的第五封情书

愿你努力

别把自己的窘境迁怒于别人，
你唯一能够抱怨的，就是自己不够努力。
而且，你的理由找得越无懈可击，
最初的目标就会离你越远。

亲爱的自己，请你记得，20 岁前的人生是父母给的，20 岁后的人生是自己给的。你要和可爱的人交往，和靠谱的人恋爱，和积极的人共事，和幽默的人随行。

亲爱的自己，人生的奔跑，并不完全取决于瞬间爆发，还有途中的坚持。很多时候，成功也许就是你再多坚持一分钟，仅此而已。

亲爱的自己，不要一直想着依赖别人，更不能奢望别人永远能在你最需要的时候第一时间站出来，毕竟，谁都不是谁的谁。

亲爱的自己，你要接受你不会一直都是赢家这个事实，而这世上也永远不会有人，会喜欢一个爱发牢骚的人。

亲爱的自己，不管现实多么惨不忍睹，都要持之以恒地相信，这只不过是黎明前短暂的黑暗而已。别把自己的窘境迁怒于别人，你唯一能够抱怨的，就是自己不够努力。而且，你的理由找得越无懈可击，最初的目标就会离你越远。

亲爱的自己，不要惶恐眼前的难关迈不过去，不要担心此刻的付出没有回报，别再花时间等待天降好运。

亲爱的自己，永远不要自己为难自己，比如不吃饭、不睡觉，这些都是傻瓜才会做的事。记住，全世界只有一个独一无二的你，一定要好好爱自己。

亲爱的自己，要好好对待肯用心陪在你身边的那些人，因为，亲情、友情和爱情，那都是一辈子的事。

亲爱的自己，所谓的那些光辉岁月，并不是后来无比闪耀的日子，而是无人问津时，你对梦想依然拥有不言放弃的坚持和努力。

亲爱的自己，你要成为自己的英雄。全世界只有一个独一无二的你，请一定真诚待人，努力做事。最终，你想要的，岁月都会给你。

你为什么必须成为更好的人

你要成为更好的人，他会让你怀着对这个世界的好奇，
与这个世界不断地碰撞，不断地重塑自己，不断地更新自己，
进一寸，便有一寸的欢喜。

或许，人生这一辈子的大部分时间，都只能是自己在对抗世界吧，对抗那些错过的班车、因为工作推迟的年假、失之交臂的荣誉、单恋的对象……

其实，这些都不重要，因为，你还是要赶上下班车才能到达目的地，工作还是要好好做完了才能安心休假，未得到荣誉也许是你不够优秀，那个人不喜欢你是因为你还未达到他的标准。

所有这些也许让人沮丧，但都在告诉你：你要成为更好的人。

你要成为更好的人，是为了能够更有余地地选择自己喜欢的生活，而不是为了维持生活去被迫选择、妥协、牺牲。

你要成为更好的人，因为如果你想让将来身边的人配得上你

挑剔的审美，就必须要先让自己成为配得上这些人的人。只有这样，当你真正爱上一个人的时候，才可以无比坦然地去靠近对方，而不会突然觉得自己的世界简直狭小到拿不出手，你和对方所看到的根本就不是同一个世界。

你要成为更好的人，因为只有那样，你才不会让以后离开你的人再次遇见你的时候在心里庆幸：幸好，当初没和他在一起。

你要成为更好的人，他会让你和更优秀的人并肩站在一起，有机会认识更好的人，看到更大的世界，而不是一辈子困在小小的世界里。

你要成为更好的人，他会希望这个世界因为你自己的存在，而有哪怕一点点的改变。

你要成为更好的人，他会让你从每个毛孔里意识到，不要把希望寄托于外界，而是让自己足够强大到能保护自己，和你心里所在乎的人。

你要成为更好的人，他会让你怀着对这个世界的好奇，与这个世界不断地碰撞，不断地重塑自己，不断地更新自己，进一寸，便有一寸的欢喜。

你要成为更好的人，因为只有他，能带你去过你真正想要的生活。（佚名）

请成为自己世界里的英雄

日后活得是否幸福，是否成功，
也许，不是靠后来获得了多少，
而是保留下了多少你曾经所被轻易赋予的。

我眼看着很多曾经在校园里牛气的人，出了校门便一头跌进了谷底，学校和社会的竞争相比起来，简直就是以卵击石。可我也看到，很多过去在校园里默默无闻，被大家拿来作为自我安慰对象的人，爆发了过去所有人都没注意到的潜力，最后让人亮瞎了眼。

那些跌倒的，多半是最后自己放倒了自己；而那些触底反弹的，多半是咬着牙扶起自己的。

他们靠的是什么？真的没有大道理，就是相信。因为相信，从不畏惧将来；因为相信，那些深陷谷底的日子不需任何人搭救；因为相信，黑夜里便化作自己的太阳。

这个世上你除了父母还能相信谁？不相信你自己，就等同于亲手灭了你自己。

归根结底，我就是相信，即便这个世界有再多的阴霾，也总有阳光照进的角落。

我就是相信，岁月给我的那些挫折和磨难，当我坦然承受并继续执拗地向前闯的时候，它终会给我一个拥抱。

我就是相信，老天真的看得见你的努力。它创造堕落者、懦弱者，需要在一片天空布满乌云，可它也需要倔强者、偏执者，需要给他们让出一道光明。

我就是相信，这世上从来没有做不到的事，只有不够想做与不够坚持。

迈过的坎，蹚过的泥，日后都会成为你脚下的风。

我总觉得，一个人相信什么，他未来的人生就会更靠近什么。

你相信，人的才能都是上天赐予的，因此你不会认同一万小时原理而去默默地努力，在尘埃里坚定地等待破土而出的日子。

你认为，这个世界都是靠背景和谄媚成功的，因此你只会永远活在自己筑起的生不逢时、怀才不遇的悲愤的城墙里。

你相信，这个世上有很多天生缺陷，无法从他处弥补，因此你只会因自己身上那一点儿其实太多人都有的缺陷而陷入悲怨，直到磨灭了身体里藏着的翅膀。

你相信，命运终归是不公平的，因此可怜的你，一辈子也不会体会到那种靠自己冲破束缚、打碎桎梏，成为自己世界里英雄的快感。

如果你只会抱怨生不逢时、时运不济，早晚一天，你所抱怨的就会成为你的人生。

“取法乎中，仅得其下”，你所相信的，斩半之后就是你的未来。为什么那么多闪耀的人都是偏执的理想主义者，就是因为他们的理想高得简直被世人嘲笑，可正因如此，他们即便没能实现那被世人嘲笑的理想，也会获得让那些人一辈子只能瞻望的背影。

岁月和时间，是治愈伤口的最好良药，也是吞噬和掠夺光与热的最强恶魔。

我常觉得，那些珍贵的东西，在每个人来到这个世上时都是被老天公平赐予的，比如，善良和爱，梦想和希望，勇敢和倔强，还有向阳的心。日后活得是否幸福，是否成功，也许，不是靠后来获得了多少，而是保留下了多少你曾经所被轻易赋予的。

会走得更远，或许也会走得更闪耀，可是，如果丢失了生命所赐予我们的感知光与热的能力，那么即使拥有得再多，内心也早已是一片漫无的沙漠；即使拥有的领地再广阔，也不会再开出一朵芬芳的花。

请你一定要相信这个世界所有的光与热，那样的你，即便会被黑暗击倒，心里的光与热也会赐予你扶起自己的力量。

请你也一定要守住心里那份光与热，那样的你，即便会被乌云笼罩，身体里也会拥有一把利剑，无须期盼乌云的散去，它们早晚会被你刺穿。

看不到太阳，就成为太阳；成不了太阳，就追着太阳。有时候感到寸步难行，也许是你已长了翅膀，却不相信自己可以飞翔。

请相信自己，你可以成为自己世界里的英雄。（陈亚豪）

你身上要有能被看到的未来

现在的你，不要以为担当责任还早，
应该还能再有几年“说话不算话”“做事没头脑”的日子，
现在的你，该要赶快靠谱起来。

现在打开朋友圈，几乎每天都有人这样遗憾地说：“今天又睡到十点，早起跑步的计划泡汤了。”“昨晚一直在刷微博，给自己安排的读书两小时的计划没有执行。”“今天周末，出门了，本想晚上回来写完明天要交的稿子，但现在浑身无力，还是明早再写吧。”

我相信，每个人在做计划的时候都是有着美好的、激动人心的愿望的，可惜的是，无论这个愿望多么现实和有成效，比如跑步可以减掉身上的赘肉，都无法改变他们懒惰、拖延的状态。

在我的微博上，有一个名叫“每天打鸡血”的分类，开微博三四年的时间，我每天不管多忙多累，都会刷一次这个分类上所关注之人的更新。到目前为止，我微博上关注了近千人，但这个分类里最多的时候，也只有五个人，在这五人之中又只有一个人，是我几年里从来没有间断关注的，她是一位专栏作家，也是北京某广播电台的主播。

她发过的微博给我印象最深的一条是这样的："为了充分利用时间，坐着 23:55 的红眼航班回来，一夜没睡。今明两天上直播，同时还要在 31 号之前完成这么多事……但是居然只用了一天就基本都做完了！剩下的两件事也都会在一天之内完成，我真是太感谢自己没有拖延症了！"

她所谓的"只用一天的时间都做完的事情"包括：完成《时尚新娘》的专栏、《年轻人》的专栏、缴物业费、车险、送干洗、给爸爸打电话、拷照片、提供父亲节采访资料；"剩下的两件事"是办签证和完成《女友》专栏。

不要忘了，她是坐夜班飞机回国的，第二天没有倒时差、没有休息，竟然还顺利地完成了这么多事情，还顶着疲惫，写完了两篇专栏。于是，我真的明白了，为什么她可以在二十多岁的年纪，在北京买了房，有了车。

人有很多本性难改的东西，比如只有当失败、不如意时，才会放眼观看周围的人事，而当生活如常、平静如水时，总是混混沌沌，每日上班、下班，而不再去思索当下的自己能否做得更好。

你身上有能被看到的未来，你才值得被人去喜欢。

现在的你，不要以为担当责任还早，应该还能再有几年“说话不算话”“做事没头脑”的日子，现在的你，该要赶快靠谱起来。当然，责任并不意味着你能承担多少经济价值，而是能多去考虑自己和亲人的未来。

所以，每当无所事事的时候，你可以在心里默念一遍“除了你，其他人都挺努力的”，我相信，你立马就可以找到要做的事情。

对我来说，还挺管用的，希望你也是。（蓑依）

别轻易输给了懒惰

千万不要自己还没真的努力过，就轻易输给了懒惰。
记得，二十几岁的人生，没有什么会比努力奋斗更让你理直气壮的事。

你有过这样的一天吗？

下班走进家门，你感到很累，就想躺在沙发上歇一下。你顺应了身体的意志，换上令你舒适的睡衣，给快要没电的手机充上电，然后懒散地拿起了 iPad，窝在沙发上上网。你尝试了几个姿势，终于找到一个最舒服的。

一开始，你其实想只停顿五分钟，并不做什么特别的事，只是刷刷微博，换换脑筋。可是很快，十分钟就过去了，你发现自己竟然还没开灯，但你也不想起身去开，更发愁进去厨房做饭，心想“要不然，今天叫外卖算了”。

当你升起这个念头的时候，发现手机放在电视柜上充电，这意味着你必须要从沙发上爬起来，才能拿到手机拨电话。这段距离虽然只有短短的三四米，但不知道为什么，你就是不想动，“算了，等下再说。”

你在心里安慰自己，做出叫外卖这个决定的那一刻，你实际上已经省下了切菜、做饭和洗碗的大段时间，几分钟总还浪费得起。

但是，过去了一个小时，你既没碰手机，也没有叫外卖，而始终维持着原姿势，蜷在沙发里。刷完微博，你开始看各种新闻和订阅。

天已经彻底黑了，这让你可以心安理得地接受今晚不吃饭的事实，“都这个点儿了，再打电话也晚了，当减肥算了。”

说到减肥，你想起来，今天本来计划还要去健身房的，健身房的消费卡眼看就要过期了，可你其实并没有去过几回。你想，再过五分钟就起身吧。可是，电话刚好响了。起身接完电话，看看时间，八点五分。这下好了，就算去健身房也练不了多久了，并且也没有了健身的心情。还是不出门了吧……

如果这真的描述的是你日常的一天，希望你有所思考，千万不要自己还没真的努力过，就轻易输给了懒惰。

记得，二十几岁的人生，没有什么会比努力奋斗更让你理直气壮的事。（李松蔚）

世界会尊重一个好姑娘的努力

我和所有的姑娘一样，也非常向往美好的生活，
我想有足够的金钱，也想拥有自由与爱情。
可是，在我对生活提出很多很多要求前，我想先对自己有要求。

不知从什么时候开始，对于一个姑娘，在她所有美好的品质中，好像努力，作为通向成功一个非常重要的途径，就这样渐渐地消失了。微信上一夜出现的刷屏文章都在说，女孩刚刚好就好，用不着乘着风一样去奋斗，嫁个好点儿的男人，就是人生的最优模式。街坊四邻议论的话题也从单纯的“你吃了吗”变成了“我们家女婿月薪多少多少……”

当我为着一个个微小的目标奋斗得不亦乐乎时，总有人会在身边好心地提醒我婚姻的实惠。似乎，没有人去尊重一个姑娘小人物式的努力，大家更推崇的，是一夜变凤凰的姿态。

我一直不接受对于贫穷的抱怨，相比生活中各式各样的不幸，贫穷是种选择，而并非无奈。

蔡澜谈到对于贫穷的态度时就曾说过，趁着年轻努力赚钱，一份工不够，就打两份工，两份工不够，就打三份。在这个国家里，报纸和网络每天都在更新着数以万计的工作。不能做一名大公司里的白领，那就去做一份简单的体力工，去超市里包装蔬菜水果，到加油站做收银员，往各家各户的邮箱里投报纸。

当我第一次站在这个陌生的国度，所有人都在和我讲这个季节的工作多么难找，为了可以养活自己，我打遍报纸上所有电话，走遍商场所有店铺，一个最初连钱币数额都分不清的女孩，在别人的排挤和质疑中存活了下来，靠的是咬着牙向上的意志力，和拼到底的不服输。

我从没害怕过自己有一天会摔倒，也从未担心过一无所有，我就是从那里一路走来的，我知道只要肯努力，活下去并没有那么难。

别误会，我并不留恋着一穷二白的日子，我和所有的姑娘一样，也非常向往美好的生活，我想有足够的金钱，也想拥有自由与爱情。可是，在我对生活提出很多很多要求前，我想先对自己有要求。

一个好姑娘，只有努力，手中才握有筹码，才能光芒万丈。

“听说你三天没睡觉了？”

“我们这样的人，拿着百万年薪，出门都有专车，飞机都坐头等舱，我们这样的人三天不睡觉，也不值得同情。”

这是电影《亲密敌人》里的一段对话。反过来讲，那些吃过苦、受过累、经历过人神共愤的苦难的人，沉寂在日复一日的努力中慢慢往前走的人，有朝一日，得到什么都是应该的，都是值得的，都是心安理得的。

所谓光鲜亮丽的结果，背后都会有着你想象不到的天道酬勤。总在工作半个小时后忍不住去刷豆瓣、刷天涯、刷糗事百科的人，又有什么立场，去艳羡那些蛰伏之后的成功？

别人拥有的，你不必羡慕，只要努力，你也会拥有；自己拥有的，你不必炫耀，因为别人也在奋斗，也会拥有。

所以，别说姑娘们不需要努力，也别对着她挣扎的姿态泼冷水。当她穿着线条简单的旧衣裳，开着雨刷上生锈的小破车，有人觉得她品位太糟糕，我却觉得她流汗的样子很酷。她一头扎进对未来的憧憬里，想拼尽全力，试试自己能够成为谁。

此刻，你能做的，就是尊重她的努力。（杨熹文）

做一个对自己有点要求的人

想做成一件事，最怕的不是没运气、没钱、没伯乐，
而是从头开始就对自己没什么要求。
一个人对自己没要求，就没有资格对这个世界有什么要求。

年轻的时候，总觉得生活就应该是随遇而安的，只要在大事上靠谱，小事不需要太计较，比如：

家里是三天一打扫还是五天一打扫?

看书是随便看看，还是规定好一天三十页?

晚上回家是再学习一小时，还是先看个电影再说?

衣服要不要熨烫，反正出门扔垃圾也不会碰上前男友。

可当自己慢慢成熟、长大后发现，对生活小事马马虎虎的人，对大事也根本严肃不起来。比如，重要的考试，我依然会习惯性迟到，项目汇报的时候需要穿着正式套装，却浑身不自在地

发挥失常。

生活中，你已经习惯了对自己的自由散漫放纵，内心便早已没有了自律这样的概念，等你想紧张起来的时候却发现自己的一切都好像刚醒来时的被窝，凌乱不堪，什么都找不着。

生活中其实没什么大事，但每一件小事聚合起来，就塑造成了一个人的样子。想做成一件事，最怕的不是没运气、没钱、没伯乐，而是从头开始就对自己没什么要求。

一个人对自己没要求，就没有资格对这个世界有什么要求。

其实，生活并不需要每时每刻都打满鸡血，但周围的每个比你我好一点的人和事，都是我们需要认真思考的对象；生活里也并没有多少大事，而是对每件小事有点要求，就塑造成了一个最好的样子。（赵星）

当你在荒废时间，却有许多人在拼命

世界上最难的事，莫过于在热闹之中按兵不动，
在诱惑面前不忘初心——千万别误会，
按兵不动不是让你停滞不前，不忘初心也并非不去放眼未来。

年幼时，可以说出太多的“我不想”，但到了要对自己负责的年纪，就该认真问问自己：“我想成为怎样的人?”

人的青春，除了用来享受和挥霍，更要用来思考和抉择，也只有当你确定了方位，才能在梦想的指引下，为自己的下一个十年铺路。

每段青春、每段人生都是限量版，时间终究有限，不要重复无意义的事，不要活在别人的观念里，不要害怕挫折和失败，勇敢追随自己的内心。因为，有些事如果现在不做，就可能一辈子都不会做了。

放下你的浮躁，放下你的懒惰，放下你的三分钟热度，放下想聊八卦的心思，静下心来，好好做你该做的事。

世上有一样东西，比任何别的东西都更忠诚于你，那就是你的经历。你生命中的日子，你在这个过程中遭遇的人和事，你因这些遭遇产生的悲欢、感受和思考，这一切仅仅属于你，不可能转让给其他的任何别人。

你的努力，是唯一能让当你站稳脚跟的依靠。

除了你，没人能走完你想走的路。真正的痛苦，没人能与你分担，你只能把它从一个肩换到另一个肩。生活就像是一架钢琴，白键有白键的快乐，黑键有黑键的悲伤，但是，只有黑白键之间的合奏，才能弹出你想听的美妙音乐。勇敢承担风雨，扛过去，就是晴空。

人生有三位最好的导师：一是兴趣，只有养成自己的兴趣，内心才会真正有所追求；二是苦难，你遭受的每次苦难，都会带给你成长；三是热爱，爱像口袋，往里装的是幸福，往外拿就是成就感，而你的野心不能成就你的，热爱可以。

真正美好的人生，就要用兴趣去追求，用苦难去磨砺，用热爱去生活。

世界上最难的事，莫过于在热闹之中按兵不动，在诱惑面前不忘初心——千万别误会，按兵不动不是让你停滞不前，不忘初心也并非不去放眼未来。

冷静，不是迟钝；沉默，不代表妥协。

如果碰到一点儿压力就觉得不堪重负，碰到一点儿不确定就把前途 描述得暗淡无光，碰到一点儿不开心就搞得似乎遭遇了这辈子最黑暗的时候，大概都只是为不想努力而退缩所找的最最拙劣的借口。

没什么值得畏惧，你唯一需要担心的是，你既配不上自己的野心，也辜负了曾经历的苦难。记得，这个世界上的任何事情，只有你尽力了，才有资格说自己运气不好。

因此，做你想做的事，趁阳光正好；去追逐梦想，趁自己还年轻。不浪费时间，不沉迷过去，不恐惧未来。你的努力从来不会被白费，今天撒下的种子，正在你看不见、想不到的某处，悄悄地生根发芽。（佚名）

你的悲喜都有意义

生命里出现的任何事都有独特的意义，
我们得学会拥抱所有的一切——痛苦与欢乐、
赞扬与苛责、名望与耻辱、获得与失去。

何为生命的意义？这个命题恐怕连思想深刻的哲学家也无法给你一个完美的解答。

其实，生命里出现的任何事都有独特的意义，我们得学会拥抱所有的一切——痛苦与欢乐、赞扬与苛责、名望与耻辱、获得与失去。

所有人的生命中都包括这些，它们不会马上降临，没有任何规律可循，更不会每样都是相同的分量。可欢乐幸福、痛苦沮丧，它们让人生丰满跌宕，让我们学会成长。

尽管你往往可以一个人搞定所有事情，但随着年龄的增长，我们的生活总会变得越来越复杂，失恋、失业、病痛、伤害……越来越多难以解决的事情，会把你的世界搅得一团糟。你似乎对任何事都产生了疑问：这一切的生活都是有意义的吗？

因此，我们应该如何理解自己的生命？如何解释痛苦和愉快、失败失落、成绩和遗憾，还有我们爱的人和我们伤害过的人呢？如果有机会选择，我们会重新做哪些事？如何去相信，发生在我们生命中的所有的事都是有意义的呢？

其实，即使找到了这个问题的答案，大概也解决不了生活中出现的这些问题。

当生命轨道从少年进入成年，它的弧度很少是平滑而清晰的。

的确有很少的几个幸运儿，人生一帆风顺，但是对于绝大部分人来说，生活就是一阵儿上坡路，一阵儿下坡路，有时候打几个嗝，有些困惑，犯点儿错误，拐错了弯，走了很远的弯路，还有很多有失体面的时刻。如果人生路上没有卵石、坑洼、突如其来的开心和不开心的事，就真的失去了它的意义。

我们总是在适应新的环境，实际上，这个一直在改变的环境，就是为我们的生命整形的东西。而随着时间的流逝，这个形状会呈现出属于它自己的完整性。

这就是生命，它一直如此。

我们所有人都是一样，尽自己最大的努力，尽管时时困惑，却艰难前行。我们做出选择，我们重新归类，我们变得深沉，我们彼此学习。

我们，都是有意义的。

我们的悲喜，都是有意义的；我们的付出，都是有意义的；我们的等待，也都是有意义的；我们的一切，都是有意义的。

希望你从这个答案中找到慰藉。（佚名）

你的所有付出终有偿还

其实说到底，那些把你感动得痛哭流涕的所谓正能量，
不过是故事的主人公比平常人多坚持了一点儿，多努力了一些。

前不久，有人在微信上发了一大堆截图给我，仔细一看，都是介绍北大清华的牛人们的。这个得了奥赛冠军，那个门门年级第一。那孩子很颓丧地说：“我觉得我再怎么努力也比不上他们啊，突然对自己的未来好没有希望。”

我忽然想到了一个极经典的回答：“以大多数人努力的程度，根本还没到拼智商的地步。”

某个朋友喊着要减肥已久，每天还是吃饱了饭躺在沙发上，一边玩手机一边吃零食。当你提醒他去运动的时候，他又会找出种种的借口：“今天太累了，明天吧。”过不了几天，站在体重秤上惨叫的还是他。当然，如果新年愿望上写“我要瘦”也算是

减肥的一种，那么他倒也不是没减肥过的。

经常听无数人嚷嚷着要减肥，但是成功者不过尔尔，失败者总会说减肥太难了，而问起那些减肥成功的人的秘籍，无外乎少吃，多运动，管住嘴，迈开腿。懒惰的人，才会编出“不吃饱哪有力气减肥”“不是不减肥而是敌人太强大”的托辞，而真的去做的人，好身材就说明一切了。

你喊了那么多句你要瘦，却从来都舍不得少吃一口。减肥药、一周二十斤减肥法，从来都是做美梦的人的安慰剂。

其实说到底，那些把你感动得痛哭流涕的所谓正能量，不过是故事的主人公比平常人多坚持了一点儿，多努力了一些。

见过很多人，总喜欢给自己定一个巨大无比的目标。有一个远大的梦想是一件很不错的事，但是实现远大梦想，靠的是一个个短期目标连在一起。

可是，他们在定目标的时候就暗藏了懦弱的退路，脑海里怀着“既然目标那么难，那么做不到也没人怪我吧”的想法，然后拖拖沓沓，喊着苦，喊着累，又随随便便放弃了。每当有人问起他们的时候，他们会找出无数冠冕堂皇的借口，却始终无力承认自己的懒惰。

也有人会整天这么说：“我努力挣钱有什么用呢？再怎么努

力也比不上含着金钥匙出生的富二代！”“我为什么要努力读书呢？那些高智商的人随随便便就能把题目都解开啊！”

怀着这些说辞的人，往往对自己的生活不满意，却又不愿意直面令人生惨淡的最关键因素始终在自身。

见别人奔波受苦熬夜苦读，心满意足于自己的贪图享乐，见别人情商高、朋友多、获得晋升，就觉得对方肯定送礼、拍了马屁，浑然忘了自己每天迟到早退，工作起来推三阻四，也忘了面子是别人给的，里子却是自己挣的。

什么都没干，就什么都想放弃。一张嘴就是安享平淡，其实都是懒惰者的说辞。

这想要的平淡里，有花不完的钱，住着舒服的好房子，漂亮的衣服美好的食物，还有爱的人。你以为轻而易举，可是你看，这哪一样不得费尽心思拼了命去奋斗？

特别喜欢张嘉佳《老情书》里面老太太的那段话：“老和尚说终归要见山是山，但你们经历见山不是山了吗？不趁着年轻拔腿就走，去刀山火海，不入世就自以为出世，真以为自己是活佛涅槃来的？我们老人家的平平淡淡是苦出来的，你们的平平淡淡是懒惰，是害怕，是贪图安逸，是不敢见世面。”

别在这辈子，活成了一个让自己都看不起的人。因为，你的所有的付出，终有偿还。（渡渡）

请给生活机会，它才能赠予你风景

年轻的我们要做的，就是去尝试一些新的选择，
去走一条看不见结局的路，去不断地学着给生活机会。

蔡康永说，十五岁觉得游泳难，放弃游泳，到十八岁遇到一个你喜欢的人约你去游泳，你只好说“我不会”。十八岁觉得英文难，放弃英文，二十八岁出现了一个很棒但要会英文的工作，你只好说“我不会”。人生的前期，如果越嫌麻烦，越懒得学，后来就越可能错过让你动心的人和事，错过风景。

我们时常会遇到一种生活状态，对生活失去热情，对什么都得过且过，没有追求，觉得空虚、无聊且肤浅。这一切可能只是由于我们习惯于安逸的生活，沉溺于周末早上温暖的被窝，被我们本能的地心引力所束缚。

追求安全及确定性是出自人自身的一种本能反应，它对我们的吸引力无处不在，而我们人生的精彩恰好也在于抗拒这种本能。

如果不曾在早晨毅然爬出温暖的被窝出去散步，你就没法体验到清晨第一缕阳光投射到人间的美丽；如果不曾在闲暇时出去旅行，你就不会欣赏到小河里流淌的溪水，树林间习习的清风。

我们所有的发展，都是在抗拒安全的诱惑，抗拒舒适的堕落，抗拒那些难以抗拒的东西。

如果说追求安全是我们的天性，那么抗拒本能也同样是我们的天性。它们这对矛盾体无时无刻不在我们的内心里对抗，此消彼长。

我们已然习惯于生活在安全地带，被老师、父母、师长以及书本的汤勺喂大，习惯了去询问他们："请告诉我，那高原、深山及大地的背后是什么?"

然而，年轻的我们要做的，就是去尝试一些新的选择，去走一条看不见结局的路，去不断地学着给生活机会。

如果总是满足于他人的描绘，活在别人的言论中，而不再享有抗拒本能的权利，长久以往，我们将不再新鲜，心中没有什么东西是原创的、清新的、明澈的。渐渐地，将会失去对生活的热情。

人生苦短，请去探索。

不给自己设限，试一试又何妨呢？高山，若总不去攀登，那就永远只能是高山，让人终生仰望，若征服过，它便成为你脚下的一方尘土。

很多时候，生活就是这样，你给它机会，它才会给你风景。

一朵可爱的云彩，衬着蓝天的高山，春日里的一片绿叶，壮丽婉转的山谷，绚烂夺目的夕阳，或是一张动人的脸庞，一个温馨无比的片段。

宫崎骏在他的电影里说：“我始终相信，在这个世界上，一定有另一个自己，在做着我不敢做的事，在过着我想过的生活。”

其实，我们每个人都是另一个自己，只要我们愿意，就能过我们想过的生活。

请你给生活机会，这样它才能赠予你风景。（佚名）

你想去的地方，何愁不能够抵达

清醒而不盲目，知足而不满足，
这样的好姑娘啊，你想去的地方，何愁不能够抵达？

人总是这样，大学时候曾经觉得，只要心中有梦想，翻看手中沉闷的书本也能生出披荆斩棘的英雄感。抱团儿的英雄感让你与死党们彼此鼓励，相互打气，也笃定“念念不忘，必有回响”。

只是，生活像是个习惯于随手赠送挫折作为成长交换的小气鬼，当你怀揣着激情万丈奔赴新的生活，随着岁月的流逝，当初的雄心壮志在现实的残酷中逐渐灰败下来，你开始觉得，原来，并不是每一分努力的背后，都有加倍的赏赐。

人在低谷的时候，无论你当初选择这条路的时候有多坚定，都会生出选择失误的挫败感，无论你选择了哪一条，另外的路好像都是对的。所以，在那一段时光里，时间都被浪费在了遗憾和感伤里，以为别人奔赴的都是光明。殊不知，这或许只是我们自己对现实心怀偏见。

其实，时间自有它独有的良善。你羡慕别人的才情，却也是别人的羡慕对象；你仰望别人的高度，却也是站在别人仰望的高度。

所以，好姑娘，这个世界上没有人值得你羡慕。

不要总觉得自己智商太低，情商不够，没有什么选择是十全十美的，无论你怎么做、如何选，都难免会有遗憾。

谁没失败过，谁没伤心过，谁没失恋过，谁没沮丧过，谁没痛哭过，谁的生活里不是接踵而来的大事小事烦琐事?

大家被命运碾压的疼痛感是一样的，对生活的无可奈何也是一样的。所幸的是，当我们每一个人独自在黑暗中行走，在没有人帮忙、没有人关怀、没有人陪伴的荒凉里，你的隐忍、你的积极、你努力抵抗世界的姿态，都会成为他人眼底一抹绚丽的彩虹，成为他人在面临灾难时的一米阳光。

你眼前的生活成了他人心中的风景，这何尝不是人生的另一种丰盈?

当然，就算大家选择了同一条路径，也绝对不可能走到相同的地方，它取决于你的脚力和速度。

我们居住的这个世界，比你有才情的人有很多，比你懂生活的人有很多，比你能吃苦的人有很多，比你会选择的人也很多，可这也没有什么值得你羡慕。

因为，你比从前的自己也好了很多啊。

有人爱喝心灵鸡汤，你偏爱打心灵鸡血。就这样，清醒而不盲目，知足而不满足，这样的好姑娘啊，你想去的地方，何愁不能够抵达？（夏苏末）

总有一天，你会看到全世界的光

要无所畏惧。总有一天，你会发现，
曾经那些灰暗晦涩的日子，那些起早贪黑的日子，
会变成一砖一瓦，将那些泥泞坎坷的土地，
铺展成一条通往梦想的康庄大道，把未知的荣光一一检阅。

也许，现在的你觉得，辛苦和繁琐让生活和工作的乐趣慢慢流逝，独自挣扎的孤独和不如意交织在一起，让你时常感觉灰暗。

现在的你，仿佛正孤独地行走在深暗的夜路上，跌跌撞撞不知终途，你渴望一点点光亮、一点点勇气和一点点力量。可事实是，严寒与酷热、路远与奔波、肥胖与脆弱并不是这种力量的障碍。若有障碍，最大的障碍，或许是不爱吧。

是啊，最大的障碍或许是不爱。焦虑和不安是因为不爱，拖延和懒惰是因为不爱，放弃和离开是因为不爱。

难怪乔布斯会说：“你要找到心底的热爱。”

其实，人人都愿自己一路顺遂，可他人永远无从了解你所经受的一切苦难负重和挣扎困顿，任何隔岸观火的安慰都显得苍白无力。而你只能坚定地告诉自己，既然都已经走了那么远，为何不再往前走一段呢？说不定不远处就有光。

不要对你的未来吝啬，任何对于未来有益的事情，都要尽可能多地付出，因为这些付出，会随着时间的推移，以复利的形式回报给你。

是的，不要对你的未来吝啬，更不要在意眼下的付出看不到收获，从量变到质变，从来都不是一蹴而就的，有时要熬过整个漫长又无趣的冬天，才能看得到花朵的绽放。

难怪《自由在高处》一书里，熊培云谈到自己的写作时会说："我每天都舍不得睡，想了解世界多一点儿，想写作时间多一点儿。唯一需要有毅力去做又未做成的事情，是劝自己早点儿睡觉。"

那些青春里的呼啸奔跑、颠沛流离，从没有多少对错和道理，"值得"二字可至轻也可至重，度量全在人心。但说到底，年轻时所有的你追我赶、冲锋陷阵，不过是为了兑换一场酣畅淋漓、了无遗憾的时光而已。让无数个看似庸碌平凡实则丰饶激荡的灵魂在陷入回忆时，能露出一抹温柔的笑意。

因此，如果你问自己为什么要努力？我想，是因为人生有那么多就算你努力了也无法掌控的东西。比如你寤寐思服的那个人的心，比如父母渐渐老去的容颜，比如时间如流沙一般无可挽回的逝去。所以，对于眼下那些努力了便能扎扎实实握在掌心的东西，为什么不珍惜，为什么不争取呢？

亲爱的姑娘，想必你一定和我一样，已经明白了，要走向一个温柔明媚的春天，除了在寒风中裹紧衣领往前走，别无他法。而我也知道，在被庸碌现实俘虏之前，在被琐碎生活招安之前，你终将闪耀，如日光投射辽阔原野，如流星之于无垠天际。

所以，你仍然要坚持，要无所畏惧。总有一天，你会发现，曾经那些灰暗晦涩的日子，那些起早贪黑的日子，会变成一砖一瓦，将那些泥泞坎坷的土地，铺展成一条通往梦想的康庄大道，把未知的荣光一一检阅。

愿成长的道路上，我们都有播撒种子的热情，也有等待花开的耐心，更有浇灌与修剪的意志力。

也祝愿我们都有清澈笃定的内心，并且带着它，走过为梦想不懈奋斗的年华。

总有一天，我们会看到全世界的光。（伊心）

你的花园，自有花开

文/ 佚名

她的花园有玫瑰，鲜艳又香甜；
他的花园有树苗，未来轻松美好。
她的花园有向日葵，美得眼睛睁不开；
他的花园有豆角，生活滋味很美妙。
而你的花园，只有不停冒出头来的青青小草。

他们说，你该拔掉小草，
不然你哪有地方种玫瑰、树苗、向日葵，
或者豆角?
可是你说，为什么?
为什么我不能留着它们? 明明很可爱啊。

于是你给小草们浇水，
你学着给它们施肥，
你和蟋蟀一起为它们唱歌。

大家在笑你，可你不在乎，
因为你喜欢小草，它们也喜欢你。
所以不光是你，小草们也悄悄地为花园努力着。

又一个夜晚过去了，
你依然没有种上玫瑰、树苗、向日葵，和豆角。
因为你的花园已经盛开，
比谁的都更美好。

>>>

感情中，最磨人的，不是争吵或冷战，
而是明明喜欢还要装出不在乎。
世人都习惯了扮演一种不屑的冷艳，
可结果往往是演技越好，离快乐越远。
别藏得太深，否则幸福会找不到你。

版权声明

这是一本走心又有温度的暖文集，涵盖了工作、生活、爱情、人生等多个方面，写给有压力但又不失信心、拒绝妥协的人。提醒你，安慰你，给你力量，告诉你如何摆脱内心的“贫”与“困”，如何在无趣与迷茫中找到方向、找回自己。人生的每一个阶段，都有孤独的时刻，别怕，只要能坚持活出自我，你一定会被岁月厚待。

图书在版编目(CIP)数据

在妙不可言中，等待哪一种未来 / 杨杨主编. —北京：化学工业出版社，2017. 11
ISBN 978-7-122-30771-2

Ⅰ. ①在… Ⅱ. ①杨… Ⅲ. ①散文集 - 中国 - 当代 Ⅳ. ①I267

中国版本图书馆 CIP 数据核字(2017)第 250699 号

责任编辑：张　曼　梁　虹　　装帧设计：悦风书衣
责任校对：边　涛

出版发行：化学工业出版社(北京市东城区青年湖南街 13 号　邮政编码 100011)
印　　装：北京新华印刷有限公司
787mm × 1092mm　1/32　印张 8　字数 150 千字　2018 年 1 月北京第 1 版第 1 次印刷

购书咨询：010-64518888（传真：010-64519686）　售后服务：010-64518899
网　　址：http: //www.cip.com.cn
凡购买本书，如有缺损质量问题，本社销售中心负责调换。

定　　价：32.80 元